Über dieses Buch Die Erzählungssammlung ›Das Taubennest‹ erschien 1923, John Middleton Murry, der Ehemann Katherine Mansfields, gab sie kurz nach ihrem Tod heraus. Die ersten sechs Erzählungen hatte die Autorin für diesen Band vorgesehen, die übrigen, unvollendeten, suchte Murry aus ihrem Nachlaß heraus. Es ist fraglich, ob Katherine Mansfield bei ihrer Unbedingtheit und Strenge den eigenen Texten gegenüber die vorliegenden zur Veröffentlichung freigegeben hätte, sicher ist jedenfalls, daß die Leser dieser großartigen Autorin die Anfänge der Erzählungen ›Das Taubennest‹, ›Geschichte eines verheirateten Mannes‹ und ›Vater und die Mädchen‹ nicht missen möchten. Unter den vollendeten Erzählungen befindet sich auch die vieldiskutierte, 1922 erstmals veröffentlichte Kurzgeschichte ›Die Fliege‹. Die Fliege als Bild und Metapher menschlicher Situationen scheint Katherine Mansfield lange gereizt zu haben, in einem Brief an Murry schrieb sie 1918, sie fühle sich »wie eine Fliege, die in den Milchkrug gefallen ist und wieder herausgefischt wurde, aber noch ganz voller Milch und zu benommen ist, als daß sie anfangen könnte, sich zu reinigen«.

Über die Autorin Katherine Mansfield, 1888 als Kathleen Beauchamps, Tochter eines englischen Bankiers, in Wellington, New Zealand, geboren. 1908 verließ sie endgültig die als provinziell empfundene überseeische Heimat und siedelte nach London um. Ein unstetes Leben begann, es war die Zeit des ›fin de siècle‹, dessen verführerisches Leben sie anzog: »O, ich will die Dinge auf die Spitze treiben!«, wie sie schon 1906 in ihr Tagebuch schrieb. Durch eine unglückliche Heirat fand dieses Leben ein Ende. Nach der Scheidung heiratete sie 1918 den Schriftsteller John Middleton Murry. Paris, London, Cornwall, die Provence waren Stationen eines unruhigen, ›unbürgerlichen‹ Daseins. Unheilbar an Tuberkulose erkrankt, suchte sie 1922 in Frankreich Hilfe, wo sie 1923 in der Nähe von Fontainebleau starb.
Die vollständige Ausgabe ihrer Erzählungen erscheint im Fischer Taschenbuch Verlag: ›Das Gartenfest‹ (Bd. 9269); ›Glück‹ (Bd. 9270); ›Etwas Kindliches, aber sehr Natürliches‹ (Bd. 9272); ›In einer deutschen Pension‹ (Bd. 9273); ›Das Leben sollte sein wie ein stetiges, sichtbares Licht‹. Briefe, Tagebücher, Kritiken. Mit einer biographischen Skizze von Elisabeth Schnack. Herausgegeben von Christel Schütz (Bd. 5739).

Katherine Mansfield
Das Taubennest

Erzählungen

Herausgegeben und übersetzt
von Elisabeth Schnack

Fischer
Taschenbuch
Verlag

Originaltitel: The Collected Stories of Katherine Mansfield
Verlag Constable, London 1945

11.–18. Tausend: September 1988

Ungekürzte Ausgabe
Veröffentlicht im Fischer Taschenbuch Verlag GmbH,
Frankfurt am Main, Dezember 1982

Lizenzausgabe mit freundlicher Genehmigung der
Büchergilde Gutenberg, Frankfurt am Main

Die Originalausgabe erschien unter dem Titel
›The Collected Stories of Katherine Mansfield‹
im Verlag Constable, London 1945
Umschlaggestaltung: Buchholz/Hinsch/Hensinger
unter Verwendung des Gemäldes ‹Paysage à la ferme‹
von Pierre Bonnard
(Sammlung Gustav Zumsteg, Zürich)

Druck und Bindung: Clausen & Bosse, Leck
Printed in Germany
ISBN 3-596-29271-9

Inhalt

Das Puppenhaus *The Doll's House* 7
Flitterwochen *Honeymoon* 16
Eine Tasse Tee *A Cup of Tea* 23
Den Schleier nehmen *Taking the Veil* 33
Die Fliege *The Fly* 39
Der Kanarienvogel *The Canary* 46

[Unvollendete Erzählungen]

Geschichte eines verheirateten Mannes *A Married Man's Story* 51
Das Taubennest *The Doves' Nest* 68
Sechs Jahre danach *Six Years After* 88
Daphne *Daphne* 94
Vater und die Mädchen *Father and the Girls* 101
Alles heiter! *All Serene!* 108
Ein schlimmer Einfall *A Bad Idea* 114
Ein Mann und sein Hund *A Man and His Dog* 118
Eine so reizende alte Dame *Such a Sweet Old Lady* 122
Ehrlichkeit *Honesty* 125
Susannah *Susannah* 130
Zweite Geige *Second Violin* 133
Mr. und Mrs. Williams *Mr. and Mrs. Williams* 137
Ein schwaches Herz *Weak Heart* 142
Verwitwet *Widowed* 147

Das Puppenhaus

Als die liebe alte Mrs. Hay nach ihrem Aufenthalt bei den Burnells in die Stadt zurückkehrte, schickte sie den Kindern ein Puppenhaus. Es war so groß, daß der Fuhrmann und Pat es in den Hof trugen, und dort blieb es stehen, abgestellt auf zwei Holzkisten neben der Tür zur Futterkammer. Dort konnte es keinen Schaden nehmen, denn es war Sommer. Und vielleicht würde sich der Geruch verloren haben, wenn die Zeit kam, es hereinzuholen. Denn wirklich, der Geruch nach Farbe, der von diesem Puppenhaus ausströmte (›Reizend von der alten Mrs. Hay natürlich, ganz reizend und großzügig‹), aber der Geruch nach Farbe war nach Tante Beryls Ansicht genug, um jedermann ernstlich krank zu machen. Schon bevor die Sackleinwand heruntergenommen war. Und erst, als sie ab war . . .

Da stand das Puppenhaus, ein dunkles, öliges Spinatgrün, hellgelb abgesetzt. Seine beiden massiven, aufs Dach geklebten kleinen Schornsteine waren rot und weiß bemalt, und die Tür, glänzend gelb lackiert, glich einem Stück Karamel. Vier Fenster, richtige Fenster, wurden durch breite grüne Streifen in Scheiben unterteilt. Eine winzige Veranda war auch da, tatsächlich, gelb gestrichen, mit großen, eingetrockneten Farbtropfen, die über den Rand hingen.

Trotzdem: ein makelloses kleines Haus! Wer könnte sich wohl an dem Geruch stören? Er war ein Teil der Freude, ein Teil des Neuen!

»Schnell, mach's noch mal einer auf!«

Der Haken an der Seite war verklemmt. Pat stemmte ihn mit seinem Taschenmesser auf, und die ganze Hausfront klappte auf und – da stand man nun und schaute in ein und demselben Augenblick in den Salon und ins Eßzimmer, in die Küche und in die beiden Schlafzimmer. So sollte sich jedes Haus öffnen! Warum öffneten sich nicht alle Häuser ebenso? Wieviel aufregender, als durch einen Türspalt auf einen armseligen kleinen Flur mit Hutständer und zwei Schirmen zu spähen! Das ist es, was man gern über ein Haus wissen möchte, nicht wahr, wenn man die Hand auf den Türklopfer legt? Vielleicht ist das die Art und Weise, wie Gott mitten in der Nacht die Häuser öffnet, wenn ER mit einem Engel einen ruhigen Rundgang unternimmt ...

»Oh-oh!« Es klang, als wären Burnells Kinder verzweifelt. Es war zu wunderbar, es war zuviel für sie. Nie im Leben hatten sie etwas dergleichen gesehen. Alle Zimmer waren tapeziert. Bilder waren an den Wänden, auf die Tapete gemalte, komplett mit Goldrahmen. Ein roter Teppich bedeckte alle Böden mit Ausnahme der Küche; rote Plüschsessel im Salon, grüne im Eßzimmer; Tische, Betten mit richtigem Bettzeug, eine Wiege, ein Ofen, eine Anrichte mit winzigen Tellern und einem großen Krug. Was Kezia jedoch am meisten gefiel, was sie mehr als alles andre liebte, das war die Lampe. Sie stand mitten auf dem Eßzimmertisch, eine kostbare, kleine bernsteingelbe Lampe mit einer weißen Glocke. Sie war sogar gefüllt, fixfertig zum Anzünden, obwohl man sie natürlich nicht anzünden konnte. Aber innen war etwas, das wie Petroleum aussah und sich bewegte, wenn man es schüttelte.

Puppenvater und Puppenmutter streckten sich im Salon so steif aus, als wären sie ohnmächtig geworden, und ihre beiden kleinen Kinder, die im oberen Stockwerk schliefen, waren eigentlich zu groß für das Puppenhaus. Sie sahen nicht so aus, als gehörten sie dazu. Doch die Lampe war einwandfrei. Sie schien Kezia anzulächeln und zu sagen: ›Ich wohne hier.‹ Die Lampe war echt.

Am nächsten Morgen konnten Burnells Kinder kaum schnell genug in die Schule gehen. Sie brannten darauf, es jedem zu erzählen, zu beschreiben und, hm, mit ihrem Puppenhaus zu prahlen, ehe die Schulglocke läutete.

»Ich erzähl's«, sagte Isabel, »weil ich die Älteste bin. Ihr zwei könnt später mitreden. Aber ich will es zuerst erzählen!«

Darauf ließ sich nichts erwidern. Isabel war herrschsüchtig, aber sie hatte immer recht, und Lottie und Kezia kannten zu gut die Vorrechte, die damit verbunden waren, wenn man die Älteste war.

Sie streiften durch die dichten Butterblumen am Straßenrand und sagten nichts.
»Und ich darf auch aussuchen, wer zuerst kommt und es anschaut! Mutter hat gesagt, ich darf!«
Denn es war abgemacht worden, daß sie, solange das Puppenhaus auf dem Hof stand, die Mädchen in der Schule auffordern durften, zum Anschauen zu kommen, immer zwei auf einmal. Natürlich nicht, um zum Tee zu bleiben oder durchs Haus zu trampeln, sondern um ruhig im Hof zu stehen, während Isabel auf die Schönheiten aufmerksam machte und Lottie und Kezia zufrieden aussahen . . .
Aber wie sehr sie sich auch beeilten — als sie den geteerten Zaun am Spielplatz der Knaben erreicht hatten, begann die Glocke zu schrillen. Sie hatten gerade noch Zeit, ihre Hüte herunterzureißen und sich in Reih und Glied zu stellen, ehe die Namen aufgerufen wurden. Einerlei! Isabel versuchte es auszugleichen, indem sie sehr überlegen und geheimnisvoll dreinsah und den Mädchen neben sich hinter der vorgehaltenen Hand zuflüsterte: »Muß euch in der Pause was erzählen!«
Die Pause kam, und Isabel wurde umringt. Die Mädchen aus ihrer Klasse rauften sich beinah darum, den Arm um sie zu legen und mit ihr wegzugehen, schmeichelnd zu lächeln und ihre beste Freundin zu sein. Sie hielt förmlich Hof unter den hohen Kiefern am Rande des Spielplatzes. Die kleinen Mädchen drängten sich nah heran, stießen einander an und kicherten. Und die einzigen beiden, die außerhalb des Kreises standen, waren die zwei, die immer außerhalb standen: die kleinen Kelveys. Sie hüteten sich, den Burnells zu nahe zu kommen.
Es verhielt sich nämlich so, daß die Schule, die Burnells Kinder besuchten, durchaus nicht die Art Schule war, die ihre Eltern ausgesucht haben würden, hätten sie die Wahl gehabt. Aber sie hatten keine Wahl. Es war die einzige Schule auf Meilen in der Runde. Und die Folge war, daß alle Kinder der Nachbarschaft, die kleinen Mädchen des Richters, die Töchter des Doktors und die Kinder des Kaufmanns und des Milchmanns zwangsläufig miteinander Umgang hatten.

Gar nicht davon zu reden, daß eine gleichgroße Anzahl derber, grober kleiner Jungen dabei war. Doch irgendwo mußte ein Strich gezogen werden. Er wurde bei den Kelveys gezogen. Viele Kinder einschließlich der Burnells durften nicht einmal mit ihnen sprechen. Sie gingen mit erhobenem Kopf an den Kelveys vorüber, und da sie in allem, was das Benehmen betraf, den Ton angaben, wurden die Kelveys von allen gemieden. Sogar die Lehrerin hatte einen besonderen Tonfall für sie und ein besonderes Lächeln für die andern Kinder, wenn Lil Kelvey mit einem Strauß furchtbar gewöhnlich aussehender Blumen zu ihr ans Pult trat.

Die kleinen Kelveys waren die Kinder einer munteren, schwer arbeitenden kleinen Waschfrau, die im Tagelohn von Haus zu Haus ging. Das war übel genug. Wo aber war Mr. Kelvey? Niemand wußte etwas Genaues. Doch es hieß, er sei im Gefängnis. Sie waren also die Töchter einer Waschfrau und eines Zuchthäuslers. Sehr netter Umgang für andrer Leute Kinder! Und sie sahen auch so aus. Weshalb Mrs. Kelvey sie so auffällig anzog, war schwer zu verstehen. Die Wahrheit war, daß sie in ›Abgelegtes‹ gekleidet waren, das ihr die Leute geschenkt hatten, für die sie arbeitete. Lil zum Beispiel, ein stämmiges, reizloses Kind mit großen Sommersprossen, kam in einem Kleid in die Schule, das aus einer grünen Kunststoffdecke der Familie Burnell und roten Plüschärmeln aus den Vorhängen der Familie Logan bestand. Ihr Hut, der oben über ihrer hohen Stirn thronte, war ein Hut für Erwachsene – einst das Eigentum der Postbeamtin, Miss Lecky. Er war hinten hochgeschlagen und mit einer großen, scharlachroten Feder verziert. Wie eine kleine Vogelscheuche sah sie aus! Es war unmöglich, nicht über sie zu lachen. Und ihre kleine Schwester, ›unsre Else‹, trug ein langes weißes Kleid, fast wie ein Nachthemd, und ein Paar Jungenstiefel. Aber was auch immer unsre Else trug, sie würde stets seltsam aussehen. Sie war ein winziges, engbrüstiges Kind mit kurzgeschorenem Haar und riesengroßen, ernsten Augen – eine kleine weiße Eule. Niemand hatte sie je lachen sehen; sie sprach kaum jemals. Sie ging durchs Leben, indem sie sich an Lil festhielt, einen Zipfel von Lils Rock in der

Hand zusammenknüllend. Wohin Lil ging, folgte ihr unsre Else. Auf dem Spielplatz und auf der Straße zur und von der Schule marschierte Lil vorneweg, und unsre Else hielt sich hintendran. Nur wenn unsre Else etwas wollte oder außer Atem war, zog oder zupfte sie an Lils Rock, und Lil blieb stehen und drehte sich um. Die Kelveys hielten zusammen!

Jetzt lungerten sie am Außenrand herum; man konnte nicht verhindern, daß sie zuhörten. Als die kleinen Mädchen sich umdrehten und spöttisch lachten, setzte Lil, wie üblich, ihr albernes, verschämtes Lachen auf, unsre Else aber starrte nur.

Und Isabels Stimme fuhr sehr stolz zu erzählen fort. Der Teppich machte großen Eindruck, aber auch die Betten mit dem richtigen Bettzeug und der Herd mit der Tür an der Bratröhre.

Als sie fertig war, platzte Kezia los: »Du hast die Lampe vergessen, Isabel!«

»Oh ja«, sagte Isabel. »Und eine winzig kleine Lampe ist da, ganz aus gelbem Glas gemacht; mit einer weißen Glasglocke steht sie auf dem Eßzimmertisch. Man kann sie nicht von einer richtigen unterscheiden!«

»Die Lampe ist das schönste von allem!« rief Kezia. Sie fand, daß Isabel bei weitem nicht genug von der Lampe hermachte. Doch niemand achtete auf sie. Isabel wählte zwei Mädchen aus, die am Nachmittag mit ihnen kommen und das Puppenhaus anschauen sollten. Sie wählte Emmie Cole und Lena Logan. Und als die übrigen erfuhren, daß sie alle an die Reihe kommen sollten, konnten sie gar nicht nett genug zu Isabel sein. Eine nach der andern umarmte Isabel und zog sie mit sich fort. Sie mußten ihr etwas zuflüstern, ein Geheimnis. »Isabel ist meine Freundin!«

Nur die kleinen Kelveys gingen unbeachtet weg; für sie gab es nichts mehr zu hören.

Die Tage vergingen, und als immer mehr Kinder das Puppenhaus sahen, verbreitete sich sein Ruhm. Es wurde zum einzigen Gesprächsstoff, es war ›der letzte Schrei‹. Nur die

eine Frage gab es: ›Hast du Burnells Puppenhaus gesehen? Oh, ist es nicht süß?‹ – ›Was, du hast es noch nicht gesehen? Also hör mal!‹
Sogar die Mittagspause benutzten sie, um darüber zu sprechen. Die kleinen Mädchen saßen unter den Kiefern und aßen ihre dick mit Hammelfleisch belegten Sandwiches und große, mit Butter bestrichene Scheiben Weißbrot, und immer saßen, so nah sie nur konnten, die Kelveys da, unsre Else sich an Lil festhaltend, und hörten ebenfalls zu, während sie ihr Marmeladenbrot aus einem Stück Zeitungspapier aßen, das von großen roten Klecksen aufgeweicht war.
»Mutter«, fragte Kezia, »kann ich die Kelveys auffordern, nur dies eine Mal?«
»Bestimmt nicht, Kezia!«
»Aber warum nicht?«
»Geh, Kezia; du weißt ganz gut, warum nicht.«

Schließlich hatten es alle gesehen, ausgenommen die beiden Kelveys. An jenem Tag erlahmte der Gesprächsstoff etwas. Es war während der Mittagspause. Die Kinder standen in einer Gruppe unter den Kiefern, und plötzlich, als sie die Kelveys erblickten, die, wie immer abseits saßen und aus ihrem Zeitungspapier aßen, beschlossen sie, ekelhaft zu ihnen zu sein. Emmie Cole begann mit dem Getuschel.
»Lil Kelvey wird mal ein Dienstbolzen, wenn sie erwachsen ist!«
»Oh – oh! Wie furchtbar!« sagte Isabel Burnell und zwinkerte Emmie zu.
Emmie schluckte sehr bedeutungsvoll und nickte zu Isabel hinüber, wie sie es bei ähnlichen Gelegenheiten an ihrer Mutter beobachtet hatte.
»Es ist wahr – es ist wahr – es ist wahr«, sagte sie.
Dann zwinkerte Lena Logan mit ihren kleinen Augen. »Soll ich sie fragen?« flüsterte sie.
»Wetten, daß du's nicht tust?« sagte Jessie May.
»Pah, ich habe keine Angst«, sagte Lena. Plötzlich quietschte sie und tanzte vor den andern Mädchen herum. »Gebt acht! Gebt auf mich acht!« rief Lena. Und schurrend und schlit-

ternd und einen Fuß nach sich ziehend kicherte Lena hinter der vorgehaltenen Hand und ging zu den Kelveys.
Lil sah von ihrem Essen hoch. Schnell stopfte sie den Rest weg. Unsre Else hörte auf zu kauen. Was würde jetzt geschehen?
»Ist es wahr, daß du ein Dienstbolzen wirst, wenn du erwachsen bist, Lil Kelvey?« fragte Lena schrill.
Totenstille. Statt einer Antwort sah Lil sie nur mit ihrem albernen, verschämten Lächeln an. Sie schien die Frage überhaupt nicht übelzunehmen. Was für ein Reinfall für Lena! Die Mädchen begannen zu kichern.
Das konnte Lena nicht ertragen. Sie stemmte die Hände in die Seite und schoß vor: »Ätsch, dein Vater ist im Gefängnis«, zischte sie boshaft.
Es war so großartig, so etwas gesagt zu haben, daß die kleinen Mädchen allesamt furchtbar aufgeregt und ganz wild vor Freude davonstoben. Jemand fand einen langen Strick, und sie spielten Seilspringen. Und noch nie waren sie so hoch gesprungen, noch nie waren sie so schnell drunter durchgelaufen, und nie hatten sie so wagemutige Dinge unternommen wie an jenem Morgen.
Am Nachmittag holte Pat die Burnell-Kinder mit dem Buggy ab, und sie fuhren nach Hause. Es waren Gäste da. Isabel und Lottie liebten es, wenn Gäste da waren, und sie gingen hinauf, um die Schürzen zu wechseln. Aber Kezia stahl sich zur Küchentür hinaus. Niemand war zu sehen. Sie begann, auf dem großen weißen Hoftor hin- und herzupendeln. Als sie die Straße entlangschaute, sah sie zwei Pünktchen. Sie wurden größer, sie kamen auf sie zu. Jetzt konnte sie sehen, daß eins vorneweg und das andre dicht dahinterging. Jetzt konnte sie sehen, daß es die Kelveys waren. Kezia hörte auf zu pendeln. Sie glitt vom Tor herunter, als wollte sie fortlaufen. Dann zögerte sie. Die Kelveys kamen näher, und neben ihnen ging – in die Länge gezogen – ihr Schatten und reichte quer über die Straße, so daß ihre Köpfe über die Butterblumen hüpften.
»Hallo!« rief sie den vorübergehenden Kelveys zu.
Sie waren so verdutzt, daß sie stehenblieben.

Lil setzte ihr albernes Lächeln auf.
Unsre Else starrte.
»Ihr könnt kommen und euch unser Puppenhaus ansehen, wenn ihr wollt«, sagte Kezia und schleifte einen Zeh über den Boden. Doch da wurde Lil rot und schüttelte entschieden den Kopf.
»Warum nicht?« fragte Kezia.
Lil schnaufte, dann sagte sie: »Deine Ma hat zu unsrer Ma gesagt, ihr sollt nicht mit uns sprechen.«
»Ach so«, sagte Kezia. Sie wußte nicht, was sie erwidern sollte. »Es macht nichts. Ihr könnt trotzdem kommen und unser Puppenhaus ansehen. Los! Niemand sieht's!«
Aber Lil schüttelte den Kopf noch heftiger.
»Möchtet ihr nicht?« fragte Kezia.
Plötzlich zupfte und zerrte es an Lils Rock. Sie drehte sich um. Unsre Else sah sie mit großen, flehenden Augen an; sie hatte die Stirn kraus gezogen und wollte hineingehen. Einen Augenblick sah Lil unsre Else sehr unsicher an. Doch da zupfte unsre Else sie wieder am Rock. Sie machte ein paar Schritte. Kezia ging voran. Wie zwei kleine streunende Katzen folgten sie ihr über den Hof dorthin, wo das Puppenhaus stand.
»Da ist es!« sagte Kezia.
Eine Pause entstand. Lil atmete laut, sie schnarchte fast; unsre Else war stumm wie ein Stein.
»Ich werde es für euch öffnen«, sagte Kezia freundlich. Sie machte den Haken auf, und sie schauten hinein.
»Hier ist der Salon, und hier ist das Eßzimmer, und das hier ist die . . .«
»Kezia!«
Oh, wie sie zusammenzuckten!
»Kezia!«
Es war Tante Beryls Stimme. Sie drehten sich um. In der Küchentür stand Tante Beryl und riß die Augen auf, als könne sie nicht glauben, was sie sah.
»Wie kannst du es wagen, die Kelveys in den Hof zu holen?« rief ihre kalte, zornige Stimme. »Du weißt so gut wie ich, daß ihr nicht mit ihnen sprechen sollt! Lauft weg, Kin-

der, lauft sofort weg! Und kommt nicht wieder her!« rief Tante Beryl. Und sie trat in den Hof und scheuchte sie hinaus, als wären sie Hühner.
»Schert euch sofort weg!« rief sie kalt und stolz.
Nicht nötig, es ihnen zweimal zu sagen. Lil glühte vor Scham, schrumpfte zusammen und huschelte wie ihre Mutter von dannen; unsre Else war benommen; irgendwie gelang es ihnen, den großen Hof zu überqueren und sich durch das weiße Tor zu zwängen.
»Du böses, ungehorsames Mädchen!« sagte Tante Beryl erbittert zu Kezia und schlug das Puppenhaus zu.
Ihr Nachmittag war schlecht gewesen. Ein Brief war von Willie Brent gekommen, ein entsetzlicher, bedrohlicher Brief, in dem es hieß, wenn sie ihn nicht am Abend in Pulmans Buschwald treffen würde, käme er an die Vordertür, um nach dem Grund zu fragen. Doch jetzt, nachdem sie die kleinen Ratten, die Kelveys, fortgeschüchtert und Kezia tüchtig ausgescholten hatte, war ihr leichter ums Herz. Der schaurige Druck war weg. Summend ging sie wieder ins Haus.
Als die Kelveys ganz außer Sehweite der Burnells waren, setzten sie sich zum Ausruhen auf ein großes rotes Kanalrohr am Straßenrand. Lils Wangen glühten noch; sie nahm den Hut mit der Feder ab und hielt ihn auf den Knien. Träumerisch blickten beide auf die Koppel, über den Bach und zu der Gruppe von Akazien, wo Logans Kühe standen und darauf warteten, gemolken zu werden. Was dachten die beiden wohl?
Plötzlich drängte sich unsre Else nah an ihre Schwester heran. Die zornige Dame hatte sie inzwischen vergessen. Sie hob den Finger und strich über die Feder ihrer Schwester; sie lächelte ihr seltsames Lächeln.
»Ich habe die kleine Lampe gesehen«, sagte sie leise.
Dann waren sie beide wieder still.

— — — — — — — — — — — — — — —

Und als sie aus dem Spitzenladen kamen, standen da der Kutscher und der Wagen, den sie ›ihren‹ Wagen nannten, und warteten unter einer Platane auf sie. Was für ein Glück! War es etwa kein Glück? Fanny drückte den Arm ihres Mannes. Derartige Dinge schienen sie immer wieder zu erleben, seit sie – im Ausland waren. Fand er das nicht auch? Aber George stand bloß auf der Bordschwelle, hob seinen Stock und stieß ein lautes »Heda!« aus. Fanny war die Art, wie George die Mietwagen herbeirief, manchmal ein bißchen peinlich, aber den Kutschern schien es nichts auszumachen, also war es wohl in Ordnung. Dick, gutmütig und lächelnd stopften sie das Blättchen weg, das sie gerade lasen, rissen die Baumwolldecke vom Pferd und waren bereit, zu gehorchen.
»Hör mal«, sagte George und half Fanny beim Einsteigen, »wie wär's, wenn wir unsern Tee dort tränken, wo die Hummer wachsen? Möchtest du das?«
»Furchtbar gern«, sagte Fanny begeistert, lehnte sich an und fragte sich, warum die Art, wie George etwas vorschlug, alles so besonders nett klingen ließ.
»Also gut – *bien*!« Er setzte sich neben sie. »*Allez*!« rief er forsch, und sie fuhren los.
Sie fuhren los und sausten flott im grüngoldenen Schatten der Platanen dahin, durch kleine Gassen, die nach Zitronen und frischem Kaffee rochen, am Brunnenplatz vorbei, wo Frauen mit hochgestemmten Wassereimern zu schwatzen aufhörten und ihnen nachblickten, um die Ecke und am Café mit seinen roten und weißen Sonnenschirmen, den grünen Tischen und den blauen Siphonflaschen vorbei und schließlich auf die Strandpromenade. Dort kam ein leichter, warmer Wind über das endlos weite Meer hergezogen. Er streifte George, und vor Fanny schien er zu zögern, während sie beide auf das glitzernde Wasser hinausblickten. Und George sagte: »Famos, was?« Und Fanny sah träumerisch drein und sagte, was sie mindestens zwanzigmal täglich gesagt hatte, seit sie – im Ausland waren: »Ist es nicht erstaunlich, wenn

man bedenkt, daß wir hier ganz allein sind, weit weg von allen Leuten, wo niemand uns sagen kann, nach Hause zu gehen, oder uns herumkommandieren kann – ausgenommen wir selber?«

George hatte es längst aufgegeben, ›ja, erstaunlich‹ zu antworten. Meistens küßte er sie nur. Doch jetzt nahm er ihre Hand, steckte sie in die Tasche, drückte ihre Finger und sagte: »Als kleiner Junge habe ich immer eine weiße Maus in meiner Tasche herumgetragen.«

»Nein, wirklich?« rief Fanny, die sich wahnsinnig für alles interessierte, was George jemals getan hatte. »Hast du weiße Mäuse so gern gehabt?«

»So ziemlich«, sagte George etwas lahm. Er beobachtete etwas, was jenseits der Badetreppen auf und ab hüpfte. Plötzlich sprang er fast vom Sitz hoch. »Fanny«, schrie er, »da draußen ist jemand im Wasser! Siehst du ihn? Ich hatte keine Ahnung, daß die Leute hier schon mit dem Baden angefangen haben. Es ist mir all die Tage einfach entgangen!« George starrte auf das gerötete Gesicht und die geröteten Arme, als könne er sich von dem Anblick nicht losreißen. »Jedenfalls«, brummte er vor sich hin, »sollen mich keine zehn Pferde davon abhalten, morgen früh ins Wasser zu gehen.«

Fanny sank das Herz. Seit Jahren hatte sie von den furchtbaren Gefahren des Mittelmeers gehört. Es war die reinste Todesfalle. Das schöne, heimtückische Mittelmeer! Da lag es behaglich vor ihnen hingestreckt, berührte mit seinen weißen Seidenpfoten die Steine und zog sich wieder zurück ... Doch sie hatte schon lange vor ihrer Heirat den festen Entschluß gefaßt, nicht zu der Sorte Frauen zu gehören, die sich in ihres Mannes Vergnügungen einmischten, deshalb sagte sie nur leichthin: »Vermutlich muß man über die Strömungen sehr gut Bescheid wissen, ja?«

»Ach, ich weiß nicht«, antwortete George, »die Leute reden einen Haufen Blödsinn über die Gefahren.«

Doch jetzt fuhren sie auf der Landseite an einer hohen Mauer entlang, die mit blühendem Heliotrop überzogen war, und Fanny hob ihre kleine Nase. »Oh, George«, hauchte sie, »dieser Duft! Die köstliche ...«

»Erstklassige Villa!« sagte George. »Sieh mal hin – zwischen den Palmen kannst du sie erkennen!«
»Ist sie nicht ziemlich groß?« sagte Fany, die jede Villa nur als möglicherweise in Frage kommenden Wohnsitz für sich und George betrachtete.
»Na ja, wenn man lange dort wohnen wollte, brauchte man einen Haufen Gäste«, erwiderte George. »Sonst wär's mordslangweilig. Aber sie ist wirklich glatt! Möcht' mal wissen, wem sie gehört!« Und er stach dem Kutscher mit dem Stock in den Rücken.
Der faule Kutscher, der keine Ahnung hatte, antwortete lächelnd – und wie immer auf solche Fragen –, es sei der Besitz einer reichen spanischen Familie.
»Scheint hier an der Küste 'ne Masse Spanier zu geben«, sagte George und lehnte sich wieder an, und sie schwiegen, bis sie um die Biegung kamen und das große, blendend weiße Hotel-Restaurant vor ihnen auftauchte. Davor war eine kleine, ins Meer hinausgebaute Terrasse mit Schirmpalmen und Tischen, und als sie sich näherten, eilten von der Terrasse und vom Hotel Kellner herbei, Fanny und George zu begrüßen und willkommen zu heißen und ihnen jeden erdenklichen Fluchtweg abzuschneiden.
»Draußen?«
Oh, natürlich wollten sie draußen sitzen! Der aalglatte Ober, der einem Fisch im Gehrock lächerlich ähnlich sah, glitt näher.
»Bitte, hier, mein Herr! Bitte hier entlang! Hier habe ich einen sehr netten kleinen Tisch!« schnaufte er. »Genau der richtige Tisch für Sie, Sir. Gleich hier in der Ecke! Hier, bitte!«
George folgte ihm also und sah äußerst gelangweilt aus, während Fanny sich bemühte, ein Gesicht zu machen, als hätte sie endlose Jahre ihres Lebens damit zugebracht, sich im Ausland zwischen Tischen hindurchzuwinden.
»Hier, mein Herr! Hier sitzen Sie sehr gut!« schmeichelte der Ober, nahm die Vase vom Tisch und stellte sie wieder hin, als wäre es ein aus der Luft herbeigezaubertes frisches Bouquet. George weigerte sich, sofort Platz zu nehmen. Er durchschaute diese Burschen – ihn konnte man nicht herein-

legen. Diese Kerls waren drauf erpicht, einen zu hetzen. Daher steckte er die Hände in die Tasche und sagte sehr gelassen zu Fanny: »Ist's dir hier recht oder würdest du lieber anderswo sitzen? Wie wär's dort drüben?« Und er deutete auf einen Tisch auf der entgegengesetzten Seite.

Wie gut es war, ein Mann von Welt zu sein! Fanny bewunderte ihn von Herzen, doch sie wollte nichts weiter, als sich hinzusetzen und wie alle andern auszusehen.

»Nein – ich – der hier gefällt mir«, sagte sie.

»Gut!« entgegnete George hastig, nahm beinah schneller als Fanny Platz und bestellte rasch: »Zweimal Tee und Schokoladeneclair!«

»Sehr wohl, Sir!« sagte der Ober, und sein Fischmund öffnete und schloß sich, als wollte er in der nächsten Minute wieder ins Wasser tauchen. »Also keinen Toast vorher? Wir haben sehr guten Toast!«

»Nein«, sagte George schroff. »Du willst doch keinen Toast, was, Fanny?«

»O nein, danke, George«, antwortete Fanny und betete im stillen, daß der Ober wegginge.

»Oder vielleicht möchte die Dame gern die lebendigen Hummer im Bassin dort anschauen, bis der Tee bereit ist?« Und er griente und verzog das Gesicht und schwenkte seine Serviette wie eine Fischflosse.

Georges Blick wurde steinern. Wieder sagte er: »Nein!«, und Fanny senkte den Kopf über den Tisch und knöpfte ihre Handschuhe auf. Als sie wieder hochblickte, war der Mensch weg. George nahm den Hut ab, warf ihn auf einen Stuhl und strich sich das Haar glatt.

»Gott sei Dank, daß der Bursche weg ist«, sagte er. »Diese Ausländer sind so furchtbar lästig. Die einzige Möglichkeit, um sie loszuwerden, ist einfach, nicht mehr zu reagieren, wie du es eben bei mir beobachten konntest. Gott sei Dank!« seufzte George noch einmal und so inbrünstig, daß Fanny – aber das wäre zu unsinnig gewesen – sich hätte einbilden können, der Ober habe ihn genauso eingeschüchtert wie sie. Stattdessen war sie aufs neue von ihrer Liebe zu George überwältigt. Seine Hände lagen auf dem Tisch, große braune

Hände, die sie so gut kannte. Sie sehnte sich, eine seiner Hände zu nehmen und innig zu drücken. Doch zu ihrem Erstaunen tat George genau dasselbe. Er beugte sich über den Tisch, legte seine Hand über die ihre und sagte, ohne sie anzublikken: »Fanny, liebste Fanny!«
»Oh, George!« Und in diesem himmlischen Augenblick hörte Fanny ›tring-tring-dudelü‹ und ein leichtes Gitarrenklimpern. Also gibt's gleich Musik, dachte sie, aber gerade jetzt war ihr die Musik nicht wichtig. Nichts war wichtig außer ihrer Liebe. Leise lächelnd blickte sie in das leise lächelnde Gesicht, und es war ein so beseligendes Gefühl, daß sie George am liebsten gesagt hätte: »Laß uns hierbleiben – hier, wo wir sind – an diesem Tischchen. Es ist unübertrefflich, und das Meer ist auch unübertrefflich. Laß uns bleiben!« Doch statt dessen wurden ihre Augen ernst.
»Liebster«, sagte Fanny, »ich muß dich etwas furchtbar Wichtiges fragen. Versprich mir, daß du antworten wirst! Versprich es!«
»Ich verspreche es!« erklärte George – ein wenig zu feierlich, um ebenso ernst zu sein wie sie.
»Es geht mir nämlich darum« – Fanny unterbrach sich eine Sekunde, senkte den Blick und sah wieder auf –, »findest du, daß du mich jetzt wirklich kennst?« fragte sie leise. »*Mich* kennst, wie ich wirklich bin?«
Das war zuviel für George. Seine Fanny kennen? Ein nachsichtiges, kindliches Grinsen flackerte auf. »Das sollt' ich wohl meinen!« beteuerte er. »Aber warum? Was ist los?«
Fanny spürte, daß er sie nicht ganz verstanden hatte. Rasch fuhr sie fort: »Ich meine Folgendes: es kommt so oft vor, daß Menschen, selbst wenn sie einander lieben, sich doch nicht – es ist schwer auszudrücken – sich gegenseitig doch nicht völlig kennen. Anscheinend wollen sie's auch gar nicht. In den allerwichtigsten Dingen mißverstehen sie einander!« Fanny blickte erschrocken auf. »George, bei uns kann das doch nicht vorkommen, nicht wahr? Niemals?«
»Bestimmt nicht«, lachte George und wollte ihr gerade erklären, wie sehr er ihre kleine Nase liebe, als der Kellner mit dem Tee kam und die Musik zu spielen begann. Es wa-

ren eine Flöte, eine Gitarre und eine Geige, und sie spielten so fröhlich, daß Fanny meinte, wenn sie nicht achtgäbe, würden sogar die Tassen und Untertassen kleine Flügel bekommen und davonfliegen. George vertilgte drei Schokoladeneclairs und Fanny zwei. Der Tee schmeckte zwar merkwürdig – »Hummer im Teekessel!« überschrie George die Musik –, aber er war doch ganz gut, und als sie das Tablett beiseite geschoben hatten und George rauchte, fühlte Fanny sich so weit gestärkt, daß sie auch die andern Leute anschauen konnte. Was sie jedoch am meisten interessierte, das waren die Musikanten unter einem der dunklen Bäume. Der Dicke, der die Gitarre zupfte, war wie ein Bild. Der dunkelhaarige Flötenspieler zog ständig die Brauen in die Höhe, als wundere er sich selber über die Töne, die aus seiner Flöte kamen. Der Geiger stand im Schatten.

Die Musik hörte ebenso unvermittelt auf, wie sie begonnen hatte. Da erst fiel ihr ein hochgewachsener alter Mann mit weißem Haar auf, der neben den Musikanten stand. Seltsam, daß sie ihn nicht gleich bemerkt hatte. Er trug einen sehr hohen, blanken Kragen, einen Rock, der an den Säumen schon grünlich schimmerte, und beschämend armselige Knöpfstiefel. War auch er ein Kellner? Er sah nicht wie einer aus, und doch stand er da und blickte über die Tische hin, als denke er an etwas anderes, Fernliegendes, das nichts mit alledem hier zu tun hatte. Wer mochte er sein?

Und noch während Fanny ihn beobachtete, faßte er an seine Kragenspitzen, hüstelte leicht und drehte sich zu den Musikanten um. Sie begannen wieder zu spielen. Etwas Stürmisches, Übermütiges, voller Feuer und Leidenschaft wurde in die Luft geschleudert, wurde der stillen Gestalt zugeschleudert, die die Hände umklammerte und – noch immer mit dem in die Ferne schweifenden Blick – zu singen begann.

»Allmächtiger!« sagte George. Und alle andern waren anscheinend ebenso erstaunt. Sogar die kleinen Kinder, die ihr Eis vor sich hatten, starrten hin und hielten den Löffel hoch … Es war nichts zu hören als eine feine, schwache Stimme, die Erinnerung an eine Stimme, die etwas Spanisches sang. Sie zitterte, schwang sich zu den hohen Tönen auf, sank wieder

und schien zu flehen, zu bitten, um etwas zu betteln – und dann wechselte der Ausdruck, und nun klang die Stimme ergeben, sie fügte sich, sie wußte, es war ihr versagt.
Kurz vor dem Schluß stieß ein kleines Kind ein quietschendes Lachen aus, doch jedermann lächelte – mit Ausnahme von Fanny und George. Ist das Leben denn auch *so*? dachte Fanny. Solche Menschen gibt es also. Und Leid gibt es! Wieder blickte sie auf das herrliche Meer, das die Ufer liebkoste wie ein Liebender, und auf den Himmel, der im Abendglanz erstrahlte. Hatten sie und George das Recht, so glücklich zu sein? War es nicht grausam? Es mußte noch etwas anderes im Leben geben, wodurch solche Dinge möglich wurden. Was war es? Fragend wandte sie sich zu George um.
Doch George hatte nicht dasselbe wie Fanny empfunden. Die Stimme des armen alten Knaben war in ihrer Art komisch, aber herrje!, brachte sie einem nicht zu Bewußtsein, wie großartig es war, so wie er und Fanny am Anfang von allem zu stehen? Auch George blickte auf das glitzernde, atmende Meer, und seine Lippen öffneten sich, als könnte er es trinken. Wie prachtvoll es war! Nichts als das Meer konnte einem das Gefühl einflößen, daß man auf der Höhe war. Und dort saß Fanny, seine Fanny, neigte sich vor und atmete so sanft.
»Fanny!« rief George sie an.
Als sie sich ihm zuwandte und er ihren weichen, verwunderten Ausdruck sah, war er so überwältigt, daß er um ein Haar über den Tisch gesprungen wäre und sie davongetragen hätte.
»Hör mal«, sagte er hastig, »laß uns gehen, ja? Laß uns ins Hotel zurückkehren. Komm! Komm, Schatz! Jetzt gleich!«
Die Musikanten begannen zu spielen. »O Gott«, ächzte er beinah. »Laß uns gehen, ehe der alte Knacker wieder zu krächzen anfängt!«
Und einen Augenblick drauf waren sie weg.

Eine Tasse Tee

Rosemary Fell war nicht gerade schön. Nein, schön hätte man sie nicht nennen können. Etwa hübsch? Na ja, vielleicht, wenn man sie Stück für Stück nahm ... Aber warum grausam sein und jemanden so zerstückeln? Sie war jung, lebendig, äußerst modern, ausgesucht geschmackvoll angezogen und verblüffend belesen in den neuesten Neuerscheinungen – und ihre Gesellschaften waren die köstlichste Mischung aus wirklich wichtigen Leuten und ... Künstlern, wunderlichen Geschöpfen, die sie entdeckt hatte, manche von ihnen unvorstellbar gräßlich, andere jedoch ganz annehmbar und ergötzlich.

Rosemary war seit zwei Jahren verheiratet und hatte einen wonnigen Jungen. Peter – nein, Peter hieß er nicht. Michael! Und ihr Mann vergötterte sie geradezu. Sie waren reich, wirklich reich, nicht bloß wohlhabend – das hatte was Widerliches, Muffiges und klang nach Großeltern. Wenn Rosemary sich etwas kaufen wollte, fuhr sie nach Paris, wie unsereiner in die Bond Street geht. Wenn sie Blumen brauchte, hielt ihr Auto vor dem hinreißenden Geschäft in der Regent Street, und auf ihre verwirrte, etwas exzentrische Art schaute sie sich um und sagte: »Ich möchte diese und diese und diese. Geben Sie mir vier Sträuße von denen. Und das Glas mit den Rosen. Ja, ich nehme alle Rosen, die im Glas sind. Nein, keinen Flieder. Flieder kann ich nicht ausstehen. Er ist so ohne Form!« Der Verkäufer verneigte sich und stellte den Flieder außer Sicht, als wäre es nur zu wahr: Flieder hatte wirklich keine Form! »Geben Sie mir die stämmigen kleinen Tülpchen – ja, die roten mit Weiß.« Und zum Wagen folgte ihr ein mageres Ladenmädchen, das unter einer riesigen Last einherschwankte: einem ganzen Arm voll weißen Papiers, wie ein Baby in einem Tragekleid ...

Eines Winternachmittags hatte sie etwas in einem kleinen Antiquitätenladen in der Curzon Street gekauft. Sie hatte eine Vorliebe für das Geschäft. Erstens war man meistens allein und ungestört, und dann war der Eigentümer einfach

lächerlich beglückt, wenn er sie bedienen durfte. Er strahlte, sowie sie ins Geschäft trat. Er umklammerte seine Hände; er fühlte sich so geehrt, daß er kaum sprechen konnte. Schmeichelei natürlich. Immerhin, es hatte was ...
»Bedenken Sie, Madam«, pflegte er ihr mit leiser, ehrerbietiger Stimme zu erklären, »daß ich meine Sachen liebe! Ich möchte mich lieber nicht von ihnen trennen, als sie jemand verkaufen, der sie nicht zu würdigen versteht, der nicht das feine Verständnis hat, das so selten ist ...« Und mit einem tiefen Seufzer rollte er ein kleines, blaues Samtviereck auseinander und drückte es mit seinen bleichen Fingerspitzen auf die Glasplatte der Theke.
Heute war es eine kleine Dose. Er hatte sie für sie zurückgelegt; er hatte sie bis jetzt noch niemandem gezeigt. Eine kostbare kleine Emaildose mit einem so wunderfeinen Schmelz, daß sie aussah wie in Sahne gebrannt. Auf dem Deckel stand ein winzig kleines Wesen unter einem Blütenbaum, und ein noch winzigeres Wesen hatte dem andern die Arme um den Hals geschlungen. Ihr Hut war nicht größer als ein Geranienblütenblatt und hing mit seinen grünen Bändern an einem Zweig. Eine rosa Wolke schwebte wie ein wachsamer Cherub über ihren Köpfen. Rosemary streifte ihre langen Handschuhe von den Händen. Sie zog immer die Handschuhe aus, um solche Dinge genau zu betrachten. Ja, die Dose gefiel ihr sehr. Sie fand sie bezaubernd – einfach süß! Sie mußte sie haben! Und während sie die sahnefarbene Dose hin und her drehte und öffnete und schloß, mußte es ihr unweigerlich auffallen, wie reizend sich ihre Hände von dem blauen Samt abhoben. Vielleicht wagte der Ladenbesitzer in einem versteckten Winkel seines Gehirns dasselbe zu denken. Jedenfalls nahm er einen Bleistift und beugte sich über die Theke, und schüchtern krochen seine blassen, blutleeren Finger auf ihre rosigen, leuchtenden zu, während er sanft murmelte: »Darf ich mir erlauben, Madam, auf die Blumen am Mieder der kleinen Dame hinzuweisen?«
»Bezaubernd!«
Rosemary bewunderte die Blumen. Aber was sollte die Dose kosten? Einen Augenblick schien der Ladenbesitzer sie nicht

gehört zu haben. Dann hörte sie ihn flüstern: »Achtundzwanzig Guineen, Madam.«

»Achtundzwanzig Guineen.« Rosemary ließ sich nichts anmerken. Sie legte die kleine Dose hin; sie knöpfte ihre Handschuhe zu. Achtundzwanzig Guineen. Selbst wenn man reich ist... Sie sah unschlüssig aus. Sie blickte auf einen plumpen Teekessel, der wie ein aufgeplustertes Huhn über dem Kopf des Ladenbesitzers zu schweben schien, und ihre Stimme klang verträumt, als sie antwortete: »Dann legen Sie sie bitte für mich zurück, ja? Ich werde...«

Aber der Ladenbesitzer hatte sich schon so tief verneigt, als könne sich niemand auf der Welt etwas Besseres wünschen, wenn er diese Dose für sie zurücklegen durfte. Er war gern bereit, sie auf ewige Zeiten für sie zurückzulegen, selbstverständlich!

Die Ladentür war leise und taktvoll hinter ihr zugeschnappt. Sie stand draußen auf der obersten Stufe und blickte in den Winterabend. Es regnete, und mit dem Regen schien auch die Dunkelheit niederzusinken, in sanftem Geriesel, wie Asche. Ein herber, kühler Hauch hing in der Luft, und die jetzt aufflammenden Lampen sahen trübselig aus. Trübselig sahen auch die Lichter in den gegenüberliegenden Häusern aus. Sie brannten matt, als bedauerten sie etwas. Und die Menschen hasteten vorbei, unter häßlichen Schirmen verborgen. Rosemary spürte plötzlich ein dumpfes Angstgefühl. Sie drückte den Muff an die Brust; sie wünschte, sie hätte auch die kleine Dose, um sich an sie zu klammern. Natürlich war der Wagen da; sie brauchte nur den Bürgersteig zu überqueren. Aber sie wartete immer noch. Es gibt Augenblicke im Leben, abscheuliche Augenblicke, wenn man aus einem Unterschlupf hervortritt und um sich blickt, und alles ist schrecklich. Dann sollte man nicht nachgeben! Man sollte nach Hause gehen und sich einen besonders guten Tee leisten. Doch im Augenblick, als Rosemary etwas dergleichen dachte, stand ein junges Mädchen – ein dunkler, abgemagerter Schatten – wo war sie nur hergekommen? – plötzlich neben ihr, und eine Stimme wie ein Seufzer, fast wie ein Aufschluchzen, hauchte leise: »Madam, darf ich Sie etwas fragen?«

»Mich etwas fragen?« Rosemary wandte sich zu ihr um. Sie sah ein abgezehrtes kleines Wesen mit sehr großen Augen, eine sehr junge Person, nicht älter, als sie selbst war, die mit verfrorenen Händen an ihren Mantelkragen griff und zitterte, als wäre sie gerade eben aus dem Wasser gezogen worden. »Madam«, stammelte die Stimme, »würden Sie mir Geld für eine Tasse Tee geben?«
»Eine Tasse Tee?« Etwas Einfaches, Aufrichtiges sprach aus der Stimme; es war keinesfalls die Stimme einer Bettlerin.
»Haben Sie überhaupt kein Geld?« fragte Rosemary.
»Nein, Madam!« kam die geflüsterte Antwort.
»Wie seltsam!« Rosemary spähte durch das Dämmerdunkel, und das Mädchen sah zu ihr auf. Wie außerordentlich seltsam! Und auf einmal kam es Rosemary wie ein richtiges Erlebnis vor. Wie etwas aus einem Roman von Dostojewski, diese Begegnung in der Dämmerung! Wenn sie nun das Mädchen mit nach Hause nähme? Wenn sie sich auf etwas einließe, was man sonst nur in Büchern liest oder auf der Bühne sieht? Was würde dann geschehen? Es wäre furchtbar interessant. Und sie hörte sich hinterher zum Erstaunen ihrer Freundinnen sagen: ›Ich habe sie einfach mit nach Hause genommen!‹, während sie bereits auf den Bürgersteig trat und zu der Schattengestalt sagte: »Kommen Sie zum Tee zu mir nach Hause!«
Das Mädchen wich entsetzt zurück. Für einen kurzen Augenblick hörte sie sogar auf zu zittern. Rosemary streckte die Hand aus und legte sie ihr auf den Arm. »Ich möchte es«, sagte sie lächelnd. Und sie spürte, wie einfach und gütig ihr Lächeln war. »Warum wollen Sie nicht? Kommen Sie jetzt mit mir in meinem Wagen nach Hause, und wir trinken Tee!«
»Das – kann doch nicht Ihr Ernst sein, Madam?« fragte das Mädchen. Ihre Stimme klang bekümmert.
»Doch, wirklich«, rief Rosemary. »Ich möchte es gern. Sie machen mir eine Freude damit. Kommen Sie!«
Das Mädchen preßte die Hand auf den Mund, und ihre Augen verschlangen Rosemary. »Sie – Sie wollen mich nicht auf die Polizeiwache bringen?« stammelte sie.
»Die Polizeiwache?« Rosemary lachte laut heraus. »Warum

sollte ich so grausam sein? Nein, ich möchte nur, daß Sie sich ein wenig aufwärmen, und dann, wenn Sie mögen, erzählen Sie mir von sich.«

Hungernde Menschen sind leicht zu überzeugen. Der Fahrer öffnete die Wagentür, und einen Augenblick drauf glitten sie durch die Dämmerung.

»So!« sagte Rosemary, nicht ohne ein Triumphgefühl, und hielt sich mit der Hand am Griff. Sie hätte bald gesagt: ›Jetzt habe ich dich!‹, als sie auf die kleine Gefangene blickte, die sie im Netz hatte. Aber sie meinte es natürlich gut, oh, mehr als gut! Sie wollte dem Mädchen beweisen, daß – im Leben wunderbare Dinge sich ereignen, daß – es wirklich gütige Feen gab, daß – reiche Leute ein Herz haben und daß – alle Frauen Schwestern waren. Lebhaft wandte sie sich an das Mädchen: »Sie müssen keine Angst haben! Warum sollten Sie nicht mit mir nach Hause kommen? Wir sind doch beide Frauen. Wenn ich die Glücklichere bin, sollten Sie erwarten ...«

Zum Glück – denn sie wußte nicht, wie sie den Satz beenden wollte – hielt der Wagen gerade. Es wurde auf die Klingel gedrückt, die Haustür ging auf, und mit einer reizend beschützerischen Gebärde, fast mit einer Umarmung, zog Rosemary die andre in die Halle. Wärme, Behaglichkeit, Licht, ein angenehmer Duft – lauter Dinge, die ihr so vertraut waren, daß sie ihr nie bewußt wurden, nahm die andere jetzt in sich auf, und sie sah ihr zu. Es war wie in der Geschichte vom reichen kleinen Mädchen im Spielzimmer, und alle Schubladen mußten noch geöffnet, alle Schachteln mußten noch ausgepackt werden.

»Kommen Sie mit hinauf!« bat Rosemary, die darauf brannte, sich freigebig zu erweisen. »Kommen Sie mit in mein Zimmer!« Übrigens wollte sie es dem armen kleinen Ding auch ersparen, daß sie von den Dienstboten angegafft würde. Sie beschloß, während sie die Treppe hinaufstiegen, daß sie auf Jeanne verzichten und ihren Mantel allein ablegen würde. Es war so wichtig, ganz natürlich zu sein!

»So!« rief Rosemary wieder, als sie in ihr schönes, großes Schlafzimmer kamen, wo die Vorhänge zugezogen waren

und der Flammenschein über ihre wundervollen Lackmöbel und ihre goldenen Kissen und die primelgelben und blauen Teppiche spielte.
Die Fremde stand noch wie angewurzelt an der Tür; sie schien ganz benommen zu sein. Aber das verstand Rosemary.
»Kommen Sie her und setzen Sie sich!« rief sie und zog ihren großen Sessel nah ans Feuer. »Setzen Sie sich in den bequemen Stuhl und wärmen Sie sich. Sie sehen furchtbar verfroren aus!«
»Ich trau' mich nicht, Madam«, sagte das Mädchen und wich zurück.
»Aber bitte!« Rosemary lief zu ihr. »Sie müssen sich doch nicht fürchten, wirklich nicht! Setzen Sie sich, und wenn ich meine Sachen abgelegt habe, gehen wir ins Nebenzimmer und trinken Tee und haben es gemütlich. Warum haben Sie Angst?«
Und mit sanfter Gewalt drückte sie das abgemagerte Mädchen in den weichen Sessel.
Aber sie erhielt keine Antwort. Das Mädchen blieb in der gleichen Stellung, in der sie hingesetzt worden war, mit schlaffen Händen, den Mund leicht geöffnet. Sie sah beinah ein bißchen dumm aus, um ganz ehrlich zu sein. Aber das wollte Rosemary doch nicht zugeben. Sie beugte sich über sie und fragte: »Wollen Sie nicht den Hut abnehmen? Ihr schönes Haar ist ganz feucht. Und ohne Hut fühlt man sich viel wohler, nicht?«
Ihr Flüstern klang wie: »Danke, Madam!«, und der zerdrückte Hut wurde abgenommen.
»Und lassen Sie sich auch helfen, den Mantel auszuziehen!«
Das Mädchen stand auf. Aber mit der einen Hand hielt sie sich am Sessel fest und ließ Rosemary ziehen. Es war richtig anstrengend. Die andre half kaum einmal. Sie schien wie ein Kind zu taumeln, und Rosemary dachte, wenn Leute Hilfe verlangten, sollten sie eigentlich mithelfen, nur ein wenig, sonst würde es sehr schwierig. Und was sollte sie jetzt mit dem Mantel anfangen? Sie ließ ihn auf dem Fußboden liegen, den Hut auch. Gerade wollte sie sich eine Zigarette vom Kaminsims nehmen, da sagte das Mädchen hastig, aber mit

heller, seltsamer Stimme: »Verzeihung, Madam, aber ich werde ohnmächtig! Ich falle um, wenn ich nichts bekomme!«
»Lieber Himmel, wie gedankenlos von mir!«
Rosemary stürzte zur Klingel.
»Tee! Sofort Tee! Und vorher einen Kognak!«
Die Zofe ging hinaus, das Mädchen aber schrie beinah: »Nein, keinen Kognak! Ich trinke nie Kognak! Wenn ich nur eine Tasse Tee haben könnte, Madam!« Und sie brach in Tränen aus.
Es war ein schrecklicher, hochinteressanter Augenblick. Rosemary kniete neben dem Sessel.
»Weinen Sie nicht, armes Kind!« sagte sie. »Weinen Sie nicht!« Und sie gab der andern ihr Spitzentaschentuch. Sie war wirklich gerührt, mehr als Worte es ausdrücken konnten. Sie legte ihren Arm um die schmalen, knochigen Vogelschultern.
Endlich vergaß die andre ihre Scheu, vergaß alles, außer, daß sie beide Frauen waren, und stieß keuchend hervor: »Ich kann nicht mehr weiter! Ich halt's nicht mehr aus! Ich halt's nicht mehr aus! Ich bringe mich um! Ich kann's nicht mehr aushalten!«
»Das sollen Sie ja auch nicht! Ich kümmere mich um Sie! Weinen Sie nicht mehr! Sehen Sie, wie gut es war, daß Sie mich getroffen haben? Jetzt trinken wir Tee, und Sie erzählen mir alles. Und ich unternehme etwas für Sie. Ich verspreche es Ihnen. Hören Sie bloß auf zu weinen! Es nimmt einen so mit! Bitte!«
Die andre hörte gerade rechtzeitig auf, daß Rosemary sich erheben konnte, ehe der Tee kam. Sie ließ ein Tischchen zwischen sich und die andre stellen und versorgte das arme Ding mit allem, was da war, mit all den Sandwiches und den Butterbroten, und jedesmal, wenn die Tasse leer war, füllte sie Tee und Sahne und Zucker nach. Es hieß ja immer, Zukker sei so nahrhaft. Sie selbst aß nichts. Sie rauchte und schaute taktvoll beiseite, damit es der andern nicht peinlich war.
Die Wirkung, die die kleine Mahlzeit hervorrief, war tatsächlich wunderbar. Als der Teetisch weggeräumt worden war, lehnte ein neues Wesen, ein zartes, zerbrechliches Ge-

schöpf mit Wuschelkopf und roten Lippen und tiefen, strahlenden Augen, lieblich hingegossen in dem großen Sessel und träumte ins Feuer. Rosemary zündete sich eine neue Zigarette an; es war an der Zeit, mit dem Erzählen zu beginnen.
»Es ist wohl schon lange her, seit Sie etwas gegessen hatten?« fragte Rosemary weich.
Doch im nämlichen Augenblick wurde die Türklinke heruntergedrückt.
»Rosemary – ist's erlaubt?« Es war Philip.
»Natürlich!«
Er kam ins Zimmer. »Oh, Verzeihung!« rief er und blieb erstaunt sehen.
»Komm nur«, sagte Rosemary lächelnd. »Das ist meine Freundin, Miss ...«
»Smith, Madam«, kam es von der lässig Dasitzenden, die merkwürdig ruhig und gar nicht mehr furchtsam schien.
»Ja, Miss Smith«, wiederholte Rosemary. »Wir haben eine kleine Besprechung.«
»Ah – so«, sagte Philip. »Fein!«, und sein Blick fiel auf den Fußboden, wo Hut und Mantel lagen. Er ging zum Kamin, mit dem Rücken zum Feuer. »Widerliches Wetter heute«, sagte er und schaute neugierig auf die stille Unbekannte, auf ihre Hände und Schuhe, und dann wieder auf Rosemary.
»Ja, nicht wahr?« rief Rosemary begeistert. »Einfach scheußlich.«
Philip setzte sein bezauberndes Lächeln auf. »Eigentlich hatte ich dich bitten wollen, einen Augenblick in die Bibliothek zu kommen. Geht das? Würde Miss Smith uns entschuldigen?«
Die großen Augen blickten zu ihm auf, doch an Stelle der Unbekannten antwortete Rosemary: »Sicher tut sie das!«, und folgte Philip aus dem Zimmer.
»Na, so etwas«, sagte Philip, als sie allein waren. »Erklär's mir! Wer ist sie? Was soll das alles bedeuten?«
Rosemary lachte, lehnte sich an die Tür und sagte: »Ich habe sie in der Curzon Street gefunden. Tatsächlich: sie ist ein richtiger Fund! Sie hat mich um Geld für eine Tasse Tee gebeten, und da hab' ich sie mit nach Hause genommen.«

»Aber was willst du denn um Himmels willen mit ihr anfangen?« rief Philip.
»Nett zu ihr sein«, sagte Rosemary rasch. »Furchtbar nett! Mich um sie kümmern. Ich weiß noch nicht, wie. Wir haben noch nicht darüber gesprochen. Aber ich will ihr beweisen ... will sie so behandeln ... ihr das Gefühl geben, daß ...«
»Mein liebes Kind«, warf Philip ein, »du bist völlig verrückt, wie mir scheint. So etwas kann man einfach nicht tun.«
»Ich wußte schon, daß du das sagen würdest«, entgegnete Rosemary. »Warum denn nicht? Ich möchte gern. Ist das nicht ein Grund? Und übrigens liest man dauernd über derartige Vorkommnisse. Ich habe mir vorgenommen ...«
»Außerdem«, sagte Philip langsam und schnitt die Spitze seiner Zigarre ab, »ist sie erstaunlich hübsch.«
»Hübsch?«
Rosemary war so überrascht, daß sie rot wurde.
»Findest du? Das – ist mir noch gar nicht aufgefallen.«
»Lieber Himmel!« Philip zündete ein Streichholz an. »Sie ist einfach entzückend! Schau richtig hin, mein Kind! Ich war ganz platt, als ich ins Zimmer kam. Trotzdem ... glaube ich, daß du einen schlimmen Fehler begehst. Tut mir leid, Kind, wenn ich es so geradeheraus sage. Aber falls Miss Smith mit uns zu Abend ißt, gib mir vorher Bescheid, damit ich mich in der Modistinnenzeitung orientieren kann!«
»Das finde ich lächerlich!« erwiderte Rosemary und verließ die Bibliothek. Sie ging aber nicht in ihr Schlafzimmer zurück, sondern zuerst in ihr Schreibkabinett. Dort setzte sie sich vor den Schreibtisch. Hübsch! Einfach entzückend! Ich war ganz platt! Ihr Herz schlug wie eine dumpfe Glocke. Hübsch! Entzückend! Sie holte ihr Scheckbuch hervor. Aber nein, ein Scheck war natürlich zwecklos. Sie öffnete ein Schubfach und nahm fünf einzelne Pfundnoten heraus, betrachtete sie, legte zwei wieder zurück und ging, die drei andern zusammengefaltet in der Hand, in ihr Schlafzimmer.
Als sie nach einer halben Stunde in die Bibliothek schaute, saß Philip noch dort.
»Ich wollte dir nur sagen«, erklärte sie, wieder an die Tür gelehnt, und sah ihn mit ihrem verwirrten, etwas exzentri-

schen Ausdruck an, »daß Miss Smith heute nicht mit uns zu Abend ißt.«
Philip ließ seine Zeitung sinken. »Oh, was ist passiert? Hat sie bereits eine andere Einladung?«
Rosemary ging zu ihm und setzte sich ihm aufs Knie. »Sie wollte durchaus gehen«, sagte sie, »deshalb habe ich dem armen kleinen Ding etwas Geld geschenkt. Ich konnte sie nicht gut gegen ihren Willen hierbehalten, nicht wahr?« flötete sie sanft.
Rosemary hatte sich gerade frisch frisiert, die Lidränder nachgezogen und ihre Perlen angelegt. Sie hob die Hände und berührte Philips Wangen.
»Liebst du mich?« fragte sie. Ihr zärtlicher, etwas belegter Ton verwirrte ihn.
»Ganz schrecklich«, sagte er und zog sie fester an sich. »Küß mich!«
Sie schwiegen. Dann sagte Rosemary träumerisch: »Ich habe heute eine phantastische kleine Dose gesehen. Sie kostet achtundzwanzig Guineen. Darf ich sie haben?«
»Du darfst, kleine Verschwenderin«, erwiderte Philip und schaukelte sie auf seinen Knien.
Aber das hatte sie im Grunde nicht fragen wollen.
»Philip«, flüsterte sie und drückte seinen Kopf an ihren Busen, »bin ich *hübsch*?«

Den Schleier nehmen

Es schien schlechterdings unmöglich, daß an einem so schönen Morgen irgend jemand unglücklich war! Und niemand war es, meinte Edna – niemand außer ihr selbst. In den Häusern standen alle Fenster weit offen. Klavierspiel drang aus den Zimmern; kleine Hände – Tonleitern übend – haschten einander und liefen voreinander davon. In den sonnigen Gärten mit ihren bunten Frühlingsblumen ließen die Bäume ihr junges Grün flattern. Gassenjungen pfiffen; ein kleiner Hund bellte; die Fußgänger schritten so leichtfüßig und beschwingt aus, als wollten sie gleich zu einem Dauerlauf ansetzen. Und jetzt sah sie tatsächlich in einiger Entfernung einen Sonnenschirm, einen pfirsichfarbenen, den ersten des Jahres!

Vielleicht sah auch Edna nicht ganz so unglücklich aus, wie sie sich fühlte. Es ist nicht leicht, mit achtzehn tragisch auszusehen, wenn man ungewöhnlich hübsch ist und wenn die Wangen und Lippen und die strahlenden Augen eine blühende Gesundheit verraten. Vor allem, wenn man ein blaues Kleid aus Frankreich und einen neuen Frühlingshut trägt, der mit Kornblumen garniert ist. Allerdings trug sie unter dem Arm ein in häßliches schwarzes Leder gebundenes Buch; vielleicht setzte das Buch einen düsteren Akzent, aber das war ein Zufall: es war der übliche Einband der Leihbibliothek. Edna hatte nämlich den Gang zur Bibliothek zum Vorwand genommen, um aus dem Haus zu kommen und nachdenken zu können, um begreifen zu können, was geschehen war, und um einen Entschluß zu fassen, was jetzt zu machen sei.

Etwas Furchtbares war geschehen. Gestern abend im Theater, als sie neben Jimmy im Ersten Rang saß, und ohne die kleinste Warnung – sie hatte gerade eine Schokolademandel in den Mund gesteckt und Jimmy die Schachtel zurückgereicht –, ganz unvorhergesehen also hatte sie sich plötzlich in einen Schauspieler verliebt! Und – *wie* – verliebt!

Das Gefühl war mit nichts zu vergleichen gewesen, was sie

sich je vorgestellt hatte. Es war durchaus nicht etwa angenehm! Auch aufregend war es kaum ... es sei denn, man wollte das gräßliche Gemisch aus hoffnungslosem Elend und Qual und Verzweiflung und Jammer als aufregend bezeichnen. Hinzu kam die Gewißheit, daß, wenn er ihr hinterher auf dem Bürgersteig begegnete, während Jimmy ein Taxi holen ginge, sie diesem Schauspieler auf ein bloßes Zunikken, auf die kleinste Geste hin bis ans Ende der Welt folgen würde, ohne auch nur einen Gedanken an Jimmy oder ihre Eltern oder ihr glückliches Zuhause und ihre unzähligen Bekannten zu vergeuden ...

Das Stück hatte ziemlich heiter begonnen. Das war während des Schokoladenmandelstadiums gewesen. Dann war der Held erblindet. Was für ein gräßlicher Moment! Edna hatte so weinen müssen, daß sie sich zu dem ihren auch noch Jimmys zusammengefaltetes, sehr schön weiches Taschentuch borgen mußte. Nicht, daß ihr Weinen aufgefallen wäre. Die Leute weinten reihenweise. Sogar die Männer putzten sich mit lautem Trompetenton die Nase und bemühten sich, ins Programm statt auf die Bühne zu schauen. Jimmy saß zum Glück mit trockenen Augen da – denn was hätte sie ohne sein Taschentuch tun sollen –, drückte ihre freie Hand und flüsterte: »Nimm's nicht so schwer, Liebes!« Da hatte sie ihm zuliebe noch eine letzte Schokolademandel genommen und ihm die Schachtel gegeben. Dann war die grauenhafte Szene gekommen, wo der Held allein auf der Bühne stand, ganz allein in einem öden Zimmer im Dämmerlicht, während draußen eine Musikkapelle spielte und Hochrufe von der Straße heraufklangen. Er hatte versucht – ach, wie kläglich, wie jämmerlich! –, sich zum Fenster vorzutasten. Endlich war es ihm gelungen. Dort hatte er dann gestanden und den Vorhang aufgehalten, während ein Lichtstrahl, ein einziger Lichtstrahl, ihm voll in das aufwärts gewandte, blinde Gesicht fiel und die Musik in der Ferne verhallte ...

Es war – wirklich, es war völlig – oh, das aller-, es war einfach – ja, es war tatsächlich so, daß Edna von dem Augenblick an wußte, ihr Leben könne nie wieder so sein, wie es vorher war. Sie entzog Jimmy ihre Hand, lehnte sich zu-

rück und machte die Schachtel mit den Schokolademandeln ein für allemal zu. Das war endlich Liebe!
Edna und Jimmy waren verlobt.
Seit anderthalb Jahren trug sie ihr Haar aufgesteckt; seit einem Jahr waren sie offiziell verlobt. Doch daß sie einander mal heiraten würden, hatten sie bereits in jenen fernen Jahren gewußt, als sie mit ihren Kindermädchen im Botanischen Garten herumspaziert waren und mit einem Löffelbiskuit und einem Malzbonbon als Vesper auf dem Rasen gesessen hatten. Es war eine so allgemein anerkannte Tatsache gewesen, daß Edna die ganze Zeit, die sie im Schullandheim war, einen sehr gut nachgemachten Verlobungsring (aus einem Knallbonbon) getragen hatte. Und bis jetzt hatten sie sehr aneinander gehangen.
Doch nun war es vorbei. Es war so restlos aus und vorbei, daß Edna sich kaum erklären konnte, wieso Jimmy es nicht ebenfalls einsah. Sie lächelte weise und traurig, als sie in den Park des Sacré-Cœur-Klosters einbog und den Pfad hinanstieg, der zur Hill Street hindurchführte. Wieviel besser, es jetzt zu erfahren, als erst nachdem sie verheiratet waren! Jetzt war es noch möglich, daß Jimmy darüber hinwegkam. Nein, es nützte nichts, sich etwas vorzumachen: er würde *nicht* darüber hinwegkommen! Sein Leben war zerstört, war ruiniert; das war unvermeidlich. Aber er war so jung ... Die Zeit, sagten die Leute immer, die Zeit könne so manches heilen. In vierzig Jahren, wenn er ein alter Mann war, mochte es ihm vielleicht gelingen, etwas ruhiger an sie zu denken – vielleicht! Aber sie? Was barg die Zukunft für sie?
Edna hatte das obere Ende des Weges erreicht. Dort setzte sie sich unter einem Baum mit jungem Grün und kleinen Büscheln weißer Blüten auf eine grüne Bank und blickte über die Blumenbeete des Klostergartens. Auf einem Beet ganz nahebei wuchsen in der einen Ecke zierliche Levkojen hinter einer Einfassung aus blauen, muschelförmigen Stiefmütterchen und einer Gruppe sahneweißer Freesien, deren feine, hellgrüne Spieße kreuz und quer über den Kelchen aufragten. Hoch oben in der Luft tummelten sich die Klostertauben, und sie konnte die Stimme der Schwester Agnes

hören, die eine Singstunde gab. *Ah-men* klang die Altstimme der Nonne, und *Ah-men* kam das Echo . . .
Wenn sie Jimmy nicht heiratete, würde sie natürlich überhaupt niemanden heiraten. Der Mann, den sie liebte, der berühmte Schauspieler – Edna war viel zu vernünftig, um nicht einzusehen, daß es nie sein könne. Und seltsamerweise wollte sie es auch gar nicht. Dafür war ihre Liebe viel zu innig. Sie mußte sie schweigend ertragen, die Qual der Liebe. So war es eben bei dieser Art Liebe, nahm sie an . . .
»Aber Edna!« rief Jimmy. »Wirst du nie andern Sinnes werden? Darf ich nicht mehr hoffen?«
Oh, was für ein Jammer, es sagen zu müssen, aber es mußte gesagt werden: »Nein, Jimmy, *nie* werde ich andern Sinnes sein!«
Edna ließ den Kopf sinken; eine kleine Blüte fiel ihr in den Schoß, und Schwester Agnes sang plötzlich *oh – nie*, und das Echo klang *oh – nie!*
In diesem Augenblick wurde ihr die Zukunft enthüllt. Edna sah es alles. Sie war verblüfft; zuerst verschlug es ihr den Atem. Aber schließlich, was konnte natürlicher sein? Sie würde ins Kloster eintreten . . . Ihr Vater und ihre Mutter tun alles, was sie können, um sie davon abzubringen – vergebens. Und Jimmy – an dessen Gemütszustand mag sie kaum denken! Warum können sie es nicht verstehen? Warum müssen sie ihr Leid noch größer machen? Die Welt ist grausam, schrecklich grausam! Nach einer letzten Szene, wenn sie ihren Schmuck und so weiter an ihre besten Freundinnen verschenkt hat – sie so ruhig, die andern so verzweifelt –, geht sie ins Kloster. Nein, einen Augenblick! Der Abend, an dem sie ins Kloster eintritt, ist der letzte Abend des Schauspielers in Port Willin. Ein unbekannter Bote überbringt ihm einen Karton. Er ist voll weißer Rosen. Aber es ist keine Karte dabei, kein Name. Wirklich nichts? Doch! Unter den Rosen, in ein weißes Taschentuch eingewickelt, die letzte Photographie von Edna, unterschrieben mit den Worten: ›Die Welt vergessend, von der Welt vergessen!‹
Edna saß sehr still unter den Bäumen; das schwarze Bibliotheksbuch umklammert sie, als wäre es ihr Meßbuch. Sie

nimmt den Namen Schwester Angela an. Ritsch-ratsch ... ihr herrliches Haar fällt der Schere zum Opfer. Ob sie Jimmy eine Locke schicken darf? Irgendwie wird es bewerkstelligt. Und in einem blauen Gewand mit einem weißen Stirnband geht Schwester Angela vom Kloster zur Kapelle und von der Kapelle zum Kloster, etwas Überirdisches in ihrem Blick, in den trieftraurigen Augen und in dem sanften Lächeln, mit dem sie die kleinen Kinder begrüßt, die auf sie zugerannt kommen. Eine Heilige! Sie hört, wie es hinter ihr drein geflüstert wird, wenn sie durch die frostkalten, nach Wachs riechenden Gänge schreitet. Eine Heilige! Und den Besuchern in der Kapelle erzählt man von der Nonne, deren Stimme alle andern Stimmen übertönt, erzählt von ihrer Jugend, ihrer Schönheit, ihrer tieftragischen Liebe. ›Hier in der Stadt siecht ein Mann dahin, dessen Leben zerstört ist ...‹
Eine große Biene, ein Bürschlein mit goldenem Pelz, kroch in eine Freesie, und die zarte Blüte neigte sich, schwankte, erbebte; nachdem die Biene weggeflogen war, nickte sie noch immer, als lache sie! Glückliche, sorglose Blüte!
Schwester Angela schaute sie an und dachte: ›Jetzt ist es Winter!‹ Eines Nachts, als sie in ihrer eiskalten Zelle liegt, hört sie einen Schrei. Ein verirrtes Tier ist draußen im Garten, ein Kätzchen oder ein Lamm – irgendein junges Tier könnte dort sein. Schon erhebt sich die Nonne, die schlaflos dagelegen hat. Ganz in Weiß, vor Kälte zitternd, aber ohne Furcht geht sie und bringt es herein. Doch am Morgen, als die Glocke zur Frühmette ruft, findet man sie, wie sie sich in hohem Fieber wälzt, im Delirium ... und sich nicht mehr erholt. In drei Tagen ist alles vorbei. In der Kapelle ist die Totenmesse gelesen worden, und sie liegt in der Ecke des Friedhofs begraben, die den Nonnen vorbehalten ist, wo die schlichten kleinen Holzkreuze stehen. Ruhe in Frieden, Schwester Angela!
Dann ist es Abend. Zwei alte Leute, die einander gegenseitig stützen, nähern sich langsam dem Grab, knien nieder und schluchzen: ›Unsere Tochter! Unsere einzige Tochter!‹ Nun erscheint noch jemand. Er ist ganz in Schwarz; er geht sehr langsam. Als er vor dem Grab steht und seinen schwarzen

Hut abnimmt, sieht Edna zu ihrem Entsetzen, daß sein Haar schneeweiß ist. Jimmy! Zu spät! Zu spät! Die Tränen strömen ihm übers Gesicht; er weint *jetzt!* Zu spät! Zu spät! Der Wind schüttelt die kahlen Bäume auf dem Friedhof. Der Mann stößt einen furchtbaren, einen bitteren Schrei aus. Ednas schwarzes Buch fällt ihr aus der Hand und schlägt dumpf auf den Weg. Sie springt auf, ihr Herz pocht. Mein Liebster! Nein, es ist nicht zu spät! Es ist alles ein Irrtum gewesen, ein furchtbarer Traum! Ach, die weißen Haare! Wie hatte sie so etwas tun können? Sie hat es nicht getan! O Himmel, was für ein Glück! Sie ist frei, ist jung, und niemand weiß um ihr Geheimnis. Alles ist noch möglich für sie und ihren Jimmy. Das Haus, das sie planten, kann noch gebaut werden, der ernste kleine Junge, der, die Hände auf dem Rücken, ihnen zuschaut, wie sie Rosenbäumchen pflanzen, kann noch geboren werden. Sein Babyschwesterchen... aber als Edna beim Babyschwesterchen angelangt ist, breitet sie die Arme aus, als käme das kleine Schätzchen durch die Luft auf sie zugeflogen – und während sie auf den Garten blickt, auf die weißen Blütenrispen am Baum, auf die reizenden Tauben, die blau vor dem blauen Himmel kreisen, und auf das Kloster mit seinen schmalen Fenstern, begreift sie, daß sie jetzt endlich und zum erstenmal in ihrem Leben – denn nie hatte sie sich ein derartiges Gefühl vorstellen können –, ja endlich weiß, was es heißt, zu lieben, wirklich zu lieben!

Die Fliege

— — — — — — — — — — — — — — —

»Sie haben's hier sehr gemütlich«, piepste der alte Mr. Woodifield und lugte aus dem großen, grünledernen Sessel neben dem Schreibtisch des Chefs, seines Freundes – wie ein Baby aus seinem Kinderwagen hervorlugt. Seine Unterredung war beendet; es war an der Zeit, wegzugehen. Aber er wollte nicht gehen. Seit er sich zur Ruhe gesetzt hatte, seit seinem ... Schlaganfall hielten ihn seine Frau und seine Töchter jeden Tag der Woche mit Ausnahme des Dienstags im Hause eingesperrt. Am Dienstag wurde er gut angekleidet und gebürstet und durfte für den einen Tag wieder in die City. Doch was er dort trieb, konnten sich seine Frau und seine Töchter nicht vorstellen. Fiel seinen Freunden lästig, vermuteten sie ... Nun ja, vielleicht. Dennoch klammern wir uns alle an unsre letzten Freuden wie der Baum an seine letzten Blätter. Da saß also der alte Woodifield, rauchte eine Zigarre und blickte beinah gierig auf den Chef, der sich in seinem Bürostuhl wälzte, dick, rosig, fünf Jahre älter als er und noch immer auf der Höhe, noch immer am Steuer. Es tat einem wohl, ihn zu sehen.
Sehnsüchtig und bewundernd fuhr die alte Stimme fort: »Wirklich sehr gemütlich, auf mein Wort!«
»Ja, es ist ganz komfortabel«, gab der Chef zu und klatschte mit dem Papiermesser auf die *Financial Times.* Im Grunde war er sehr stolz auf sein Zimmer; er hatte es gern, wenn es bewundert wurde, besonders vom alten Woodifield. Es verlieh ihm ein Gefühl tiefer, unerschütterlicher Genugtuung, hier mitten drin zu thronen, in voller Sicht vor der gebrechlichen alten Gestalt im Wollschal.
»Ich habe es kürzlich neu herrichten lassen«, erklärte er, wie er es in den letzten Wochen – seit wieviel Wochen? – stets erklärt hatte. »Ein neuer Teppich!«, und er zeigte auf den leuchtend roten Teppich mit dem Muster aus großen weißen Ringen. »Neue Möbel!«, und er deutete mit einer Kopfbewegung auf den wuchtigen Bücherschrank und den Tisch mit seinen Korkenzieherbeinen. »Elektrische Heizung!« Er

winkte fast triumphierend zu den fünf durchsichtigen, perlmatten Würsten, die so sanft in der schräg gestellten Kupfermuschel glommen.

Doch auf die Photographie über dem Tisch – die Photographie eines ernsten jungen Mannes in Uniform, der in einem geisterhaften Photographenpark mit Sturmwolken im Rücken dastand – machte er den alten Woodifield nicht aufmerksam. Sie war seit über sechs Jahren dort.

»Da war noch etwas, was ich Ihnen erzählen wollte«, sagte der alte Woodifield, und seine Augen wurden trübe, während er nachdachte. »Was war es nur? Ich wußte es noch ganz genau, als ich heute morgen wegging.« Seine Hände begannen zu zittern, und über seinem Bart bildeten sich rote Flecke.

Der arme alte Kerl, dachte der Chef, er pfeift auf dem letzten Loch! In freundlicher Stimmung zwinkerte er dem alten Mann zu und sagte scherzhaft: »Ich werde Ihnen was verraten! Ich habe hier einen kleinen Tropfen, etwas, das Ihnen guttun wird, ehe Sie wieder in die Kälte hinausgehen. Es ist ein edler Stoff! Würde keinem Baby schaden!« Er löste einen Schlüssel von seiner Uhrkette, schloß unten im Schreibtisch ein Fach auf und holte eine dunkle, dickbauchige Flasche hervor. »Das ist die Medizin!« sagte er. »Und der Mann, von dem ich sie habe, hat mir unter strengster Verschwiegenheit erzählt, sie käme aus den Kellern von Schloß Windsor!«

Bei ihrem Anblick sperrte der alte Woodifield den Mund auf. Er hätte nicht erstaunter aussehen können, wenn der Chef ein Kaninchen hervorgezaubert hätte.

»Es ist Whisky, nicht wahr?« piepste er schwach.

Der Chef drehte die Flasche herum und zeigte ihm liebevoll das Etikett. Es war tatsächlich Whisky.

»Denken Sie«, sagte er und sah den Chef verdutzt an, »zu Hause lassen sie mich keinen Whisky anrühren.« Und er sah aus, als würde er in Tränen ausbrechen.

»Ah, davon verstehen wir ein bißchen mehr als die Damen«, rief der Chef, langte quer über den Tisch nach zwei Gläsern, die neben der Wasserkaraffe standen, und goß in jedes einen gut bemessenen Fingerhoch Whisky ein. »Kippen Sie's runter! Es wird Ihnen guttun! Und nehmen Sie kein Wasser dazu! Es wäre eine Entweihung, Stoff wie diesen zu verfälschen. Ah!« Er goß seinen Schluck hinunter, zog sein Taschentuch hervor, wischte sich rasch den Schnurrbart und blickte, verständnisinnig zwinkernd, auf den alten Woodifield, der seinen Schluck noch zwischen den Kinnbacken herumrollen ließ.

Der alte Mann schluckte, schwieg einen Augenblick und sagte dann matt: »Ist stark!«

Aber er wärmte ihn – er kroch in sein fröstelndes altes Gehirn, und er erinnerte sich wieder.

»Das war's!« sagte er und hievte sich aus dem Sessel. »Ich dachte, es würde Sie interessieren. Die Mädchen waren vorige Woche in Belgien, um nach dem Grab von unserm armen Reggie zu sehen, und zufällig stießen sie auf das Grab Ihres Jungen. Wie es scheint, liegen sie ganz nah beieinander.«

Der alte Woodifield machte eine Pause, aber der Chef antwortete nichts darauf. Nur ein Zucken in seinen Augenlidern verriet, daß er zuhörte.

»Die Mädchen waren begeistert, wie gepflegt alles ist«, piepste die Stimme. »Wunderschön gepflegt. Es könnte nicht besser sein, wenn sie zu Hause wären. Sie sind ja wohl nie drüben gewesen, was?«

»Nein, nie!« Aus verschiedenen Gründen war der Chef nicht drüben gewesen.

»Meilenweit zieht sich's hin«, zirpte der alte Woodifield, »und alles so schmuck wie ein Garten. Auf allen Gräbern blühen Blumen! Hübsche breite Wege!« Seine Stimme verriet, daß er hübsche breite Wege liebte.

Wieder trat eine Pause ein. Dann wurde der alte Mann wunderbar lebendig.

»Wissen Sie, was die Mädchen im Hotel für ein Glas Marmelade zahlen mußten?« piepste er. »Zehn Francs! Das nenne ich Nepp! Es war ein kleines Glas, sagt Gertrude, nicht größer als eine halbe Krone! Und sie hatte nicht mehr als einen Löffelvoll genommen, und dafür verlangten sie ihr zehn Francs ab! Gertrude hat das Glas mitgenommen, um ihnen eine Lehre zu erteilen. Und das war recht so: es ist Geschäftemachen mit unsern Gefühlen! Sie glauben, weil wir nach drüben fahren, um uns mal umzuschauen, sind wir bereit, wer weiß was zu zahlen. So ist es!« Und er wandte sich zur Tür.

»Sehr richtig! Sehr richtig!« rief der Chef, obwohl er nicht die leiseste Ahnung hatte, was sehr richtig war. Er kam hinter seinem Schreibtisch hervor, folgte den schurrenden Schritten und öffnete dem alten Mann die Tür. Dann war Woodifield weg.

Eine ganze Weile blieb der Chef stehen und starrte vor sich hin, während der grauhaarige Bürobote, der ihn beobachtete, zu seinem Glaskasten ein- und ausflitzte – wie ein Hund, der erwartet, spazierengeführt zu werden. Dann sagte der Chef: »Ich bin eine halbe Stunde für niemanden zu sprechen, Macey! Verstanden? Für niemanden!«

»Ja, Sir!«

Die Tür schloß sich, feste, schwere Schritte überquerten abermals den leuchtenden Teppich, der dicke Körper plumpste in den gefederten Stuhl, und der Chef beugte sich vor und bedeckte das Gesicht mit den Händen. Er wollte weinen, er beabsichtigte es, er hatte sich darauf vorbereitet zu weinen. Es war für ihn ein furchtbarer Schock gewesen, als der alte Woodifield ihn mit der Bemerkung vom Grab des Jungen überfiel. Es war genauso, als hätte sich die Erde geöffnet und er hätte den Jungen dort liegen sehen, während die Töchter der Woodifields auf ihn niederstarrten. Denn es war seltsam. Obwohl mehr als sechs Jahre verstrichen waren, dachte der Chef nie anders an den Jungen, als läge er unverwundet und makellos in seiner Uniform im ewigen Schlaf. »Mein Sohn!« stöhnte der Chef. Aber die Tränen kamen noch nicht. In der Vergangenheit, in den ersten Monaten nach dem Tode des Jungen und sogar Jahre danach, brauchte er nur diese Worte zu sagen, und er wurde von einem derartigen Kummer überwältigt, daß nichts als ein heftiger Weinkrampf ihm Erleichterung verschaffen konnte. Die Zeit, so hatte er damals erklärt und es jedermann erzählt, könne daran nichts ändern. Andre Männer könnten sich vielleicht erholen, vielleicht über ihren Verlust hinwegkommen, er jedoch nicht. Wie wäre es möglich? Der Junge war sein einziger Sohn gewesen. Von seiner Geburt an hatte der Chef nur dafür gearbeitet, dieses Geschäft für ihn aufzubauen; es hatte keinen Sinn, wenn es nicht für den Jungen war; das Leben selbst hatte allmählich nur diesen Sinn bekommen. Wie in aller Welt hätte er sich all die Jahre abrackern können, sich vieles versagen und durchhalten können, wenn nicht mit der ständigen Zuversicht vor Augen, daß der Junge in seine Fußstapfen treten und dort weitermachen würde, wo er aufhörte?

Und die Hoffnung war so nah dran gewesen, sich zu erfüllen! Vor dem Krieg war der Junge ein Jahr lang im Büro, um sich einzuarbeiten. Jeden Morgen waren sie gemeinsam hingefahren, und mit dem gleichen Zug waren sie zurückgekommen. Und ihn als den Vater des Jungen – wie hatte man ihn beglückwünscht! Kein Wunder: er hatte sich großartig eingelebt! Und was seine Beliebtheit beim Personal betraf, so konnte jeder einzelne bis hinunter zum alten Macey ihn nicht genug rühmen. Und er war nicht im geringsten eingebildet. Nein, er war ganz sein strahlendes, natürliches Selbst, mit dem rechten Wort für jedermann und mit dem jungenhaften Aussehen und seiner Gewohnheit, ›einfach glänzend‹ zu rufen.

Doch all das war aus und vorbei, als wäre es nie gewesen. Der Tag war gekommen, an dem Macey ihm das Telegramm reichte, woraufhin das ganze Luftschloß über ihm zusammenkrachte. ›Wir bedauern aufs tiefste, Ihnen mitteilen zu müssen...‹ Und als ein gebrochener Mann hatte er das Büro verlassen; sein Leben war vernichtet.

Vor sechs Jahren... sechs Jahren... Wie schnell die Zeit vergeht! Es hätte gestern passiert sein können. Der Chef nahm die Hände vom Gesicht; er war verblüfft. Etwas schien nicht mit ihm zu stimmen. Er empfand nicht so, wie er empfinden wollte. Er beschloß, aufzustehen und einen Blick auf die Photographie des Jungen zu werfen. Aber es war nicht seine Lieblingsphotographie von ihm; der Ausdruck war unnatürlich. Er blickte kalt drein, sogar streng. So hatte der Junge nie ausgesehen.

In diesem Augenblick bemerkte der Chef eine Fliege, die in sein großes Tintenfaß gefallen war und schwache, aber verzweifelte Versuche unternahm, wieder herauszukrabbeln. Hilfe! Hilfe! sagten die zappelnden Beine. Doch die Seitenwände des Tintenfasses waren feucht und schlüpfrig; sie fiel wieder hinein und begann zu schwimmen. Der Chef nahm seine Feder, hob die Fliege aus der Tinte und schüttelte sie auf das Löschblatt. Für den Bruchteil einer Sekunde lag sie ruhig in dem dunklen Klecks, der um sie herum versickerte. Dann trillerten die Vorderbeine und fanden Halt, und sie zog den kleinen, aufgeweichten Körper hoch und begann mit der Riesenarbeit, die Tinte von ihren Flügeln abzuputzen. Drüber und drunter, drüber und drunter fuhr das Bein über einen Flügel, wie der Wetzstein über und unter die Sense fährt. Dann eine Pause, während die Fliege auf den Zehenspitzen zu stehen schien und zuerst den einen und dann den andern Flügel auszubreiten versuchte. Endlich gelang es ihr, und sie setzte sich und begann, wie ein winzig kleines Kätzchen ihr Gesicht zu putzen. Man konnte sich jetzt vorstellen, wie leicht und fröhlich sich die kleinen Vorderbeine aneinanderrieben. Die gräßliche Gefahr war vorbei; sie war entkommen; sie war wieder fürs Leben bereit.

Doch da gerade kam dem Chef ein Gedanke. Er tauchte seine Feder in die Tinte und stützte sein dickes Handgelenk aufs Löschblatt, und als die Fliege ihre Flügel ausprobierte, tropfte ein großer schwarzer Klecks auf sie herunter. Was würde sie dagegen tun? Ja, was wohl? Der kleine Wicht war gänzlich entmutigt und betäubt und wagte sich nicht zu rühren, vor Angst, was als nächstes passieren würde. Doch dann, als wäre es schmerzhaft, schleppte sie sich weiter. Die Vorderfüße trillerten und fanden Halt, und die Arbeit begann – diesmal langsamer – von neuem!

›Sie ist ein tapferes kleines Teufelchen!‹ dachte der Chef und empfand richtige Bewunderung für den Mut der Fliege. So mußte man an die Dinge herangehen, das war der richtige Kampfgeist! Nie aufgeben! Es war nur eine Frage von ...

Aber die Fliege hatte ihre mühevolle Arbeit beendet, und der Chef hatte gerade noch Zeit, seine Feder einzutauchen, um auf den frisch geputzten Körper ganz offen und ehrlich noch einen dunklen Tropfen fallen zu lassen. Wie stand es diesmal damit? Ein qualvoll verhaltener Augenblick folgte. Aber sieh an, die Vorderbeine zappelten schon wieder; der Chef spürte eine große Erleichterung. Er beugte sich über die Fliege und sagte zärtlich: »Du gescheites kleines Luder!« Und dann kam ihm die glänzende Idee, sie anzuhauchen, um den Trockenprozeß zu beschleunigen. Trotzdem war jetzt etwas Schüchternes und Mattes in ihren Anstrengungen, und der Chef beschloß, daß dies das letztemal sein sollte, als er die Feder tief ins Tintenfaß tauchte.

Und das war es. Der letzte Klecks fiel auf das durchweichte Löschpapier, und die besudelte Fliege lag mittendrin und rührte sich nicht. Die Hinterbeine klebten am Körper, die Vorderbeine waren nicht zu sehen.

»Los!« rief der Chef. »Ein bißchen dalli!« Und er stupste sie mit der Feder an – vergebens! Nichts geschah oder versprach zu geschehen. Die Fliege war tot.

Der Chef hob die Leiche auf die Spitze des Brieföffners und schleuderte sie in den Papierkorb. Aber eine so zermürbende Niedergeschlagenheit packte ihn, daß er sich buchstäblich fürchtete. Er schoß vor und drückte auf den Klingelknopf, um Macey herbeizuholen.

»Bring mir frisches Löschpapier«, sagte er streng, »und mach ein bißchen dalli!« Und als der alte Knabe wegtrabte, begann der Chef sich zu fragen, worüber er vorhin nachgedacht hatte. Was war es gewesen? Es war ... Er holte sein Taschentuch hervor und fuhr innen am Kragenrand entlang. Er konnte sich nicht erinnern, ums Leben nicht.

Der Kanarienvogel

... Sehen Sie den großen Nagel rechts von der Haustür? Selbst jetzt noch mag ich kaum hinschauen, und doch bring' ich's nicht über mich, ihn rauszuziehen! Ich möchte gern denken, daß er immer dort bliebe, auch wenn ich nicht mehr da bin. Manchmal hör' ich, wie die Leute, die nach mir hier wohnen, zueinander sagen: »Dort muß mal ein Käfig gehangen haben!« Und das tröstet mich; dann denke ich, er ist nicht ganz vergessen.

... Sie können sich nicht vorstellen, wie wunderschön er sang! Gar nicht wie andere Kanarienvögel. Und das bilde ich mir nicht etwa bloß ein. Vom Fenster aus habe ich oft gesehen, wie die Leute an der Gartenpforte stehenblieben, um ihm zuzuhören, oder wie sie sich beim Jasmin über den Zaun lehnten und eine ganze Zeitlang zuhörten, so hingerissen waren sie. Wahrscheinlich kommt es Ihnen verrückt vor – aber nicht, wenn Sie ihn gehört hätten –, doch mir schien es wirklich immer, daß er ganze Lieder sang – mit einem Anfang und einem Ende.

Wenn ich zum Beispiel am Nachmittag mit meiner Hausarbeit fertig war und eine andre Bluse angezogen hatte und meine Näharbeit hier auf die Veranda brachte, dann hüpfte er immer hopp-hopp-hopp von einer Stange auf die andre, klopfte gegen die Gitterstäbe, wie um meine Aufmerksamkeit auf sich zu lenken, nippte einen Schluck Wasser wie jeder Sänger und stimmte dann ein so herrliches Lied an, daß ich die Nadel sinken lassen mußte, um ihm zuzuhören. Ich kann's nicht beschreiben – ich wollte, ich könnt's. Dabei ging's jeden Nachmittag so, und immer war mir, als hätte ich jeden Ton verstanden.

... Ich habe ihn geliebt! Und wie ich ihn geliebt habe! Vielleicht kommt es nicht so sehr darauf an, *was* man in dieser Welt liebt. Aber etwas lieben muß man. Natürlich hatte ich immer mein kleines Haus und den Garten, aber aus irgendeinem Grund genügte mir das nicht. Blumen haben ihre eigene, wundervolle Sprache, aber Mitgefühl kennen sie nicht.

Den Abendstern – den hab' ich geliebt. Klingt Ihnen das töricht? Nach Sonnenuntergang bin ich immer in den Hof gegangen und hab' auf ihn gewartet, bis er über dem dunklen Eukalyptus aufgegangen ist. Dann hab' ich geflüstert: »Da bist du also, mein Guter!« Und genau in jenem ersten Moment schien er für mich allein zu leuchten. Er schien zu verstehen, was mich bewegte – etwas, was wie Sehnsucht und doch keine Sehnsucht war. Vielleicht Trauer – ja, eher wie Trauer. Aber weshalb denn Trauer? Es gibt vieles in meinem Leben, wofür ich dankbar sein muß.

... Doch nachdem *er* in mein Leben gekommen war, vergaß ich den Abendstern. Ich brauchte ihn nicht mehr. Aber es war sonderbar. Als der Chinese, der immer an die Tür kommt und Vögel verkaufen will, ihn in seinem kleinen Käfig hochhielt, flatterte er nicht ängstlich herum, wie die armen kleinen Stieglitze, sondern er piepste nur einmal ganz leise, und ich – genau wie ich's dem Stern über dem Eukalyptus immer zugeflüstert hatte – sagte: »Da bist du also, mein Guter!« Von dem Augenblick an war er mein.

... Selbst jetzt in der Erinnerung wundert es mich, wie er und ich miteinander lebten. Sowie ich frühmorgens nach unten kam und das Tuch von seinem Käfig zog, begrüßte er mich mit einem schläfrigen kleinen Ton. Ich wußte, er meinte: ›Missie! Missie!‹ Dann hängte ich seinen Käfig draußen an den Nagel und machte für meine drei jungen Burschen das Frühstück zurecht, und ich holte ihn erst wieder herein, wenn wir das Haus ganz für uns allein hatten. Nachdem ich das Geschirr abgewaschen hatte, begann eine richtige kleine Vorstellung. Ich breitete auf der einen Tischecke eine Zeitung aus, und sowie ich den Käfig draufstellte, schlug er wie ein Verzweifelter mit den Flügeln, als wüßte er nicht, was käme. »Du bist ein richtiger kleiner Komödiant!« schalt ich dann. Ich schrubbte den Einsatz, streute frischen Sand drüber, füllte sein Körner- und Futternäpfchen und klemmte etwas Vogelmiere und eine halbe Paprikaschote zwischen die Stäbe. Und ich bin ganz sicher, daß er jede Einzelheit dieser kleinen Prozedur begriff und schätzte. Er war nämlich von Natur überaus reinlich. Nie hat er seine Stange beklekkert. Und man mußte nur sehen, wie er sein Bad genoß – dann wußte man sofort, daß er einen geradezu leidenschaftlichen Sauberkeitsfimmel hatte. Sein Bädchen kam immer zuletzt hinein. Und kaum hing es drin, da stürzte er sich förmlich hinein. Zuerst spreizte er den einen Flügel, dann den andern, dann tauchte er den Kopf ein und besprengte seine Brustfedern. Er hatte die ganze Küche voll Wassertropfen gespritzt, aber er wollte noch immer nicht heraus. Meistens sagte ich zu ihm: »Das genügt jetzt wirklich – du spielst dich nur auf!« Und endlich hüpfte er heraus, und auf einem Bein stehend, begann er sich trocken zu zupfen. Schließlich schüttelte er sich noch einmal, wippte und piepste und reckte die Kehle – oh, ich kann's kaum ertragen, daran zu denken. Es war immer die Zeit, in der ich die Messer putzte, und es schien mir fast, als sängen auch die Messer, wenn ich sie auf dem Brett blank rieb.

... Gesellschaft, verstehen Sie – das bedeutete er für mich. Eine einzigartige Gesellschaft! Wenn Sie allein gelebt haben, werden Sie einsehen, wie kostbar so etwas ist. Ich hatte natürlich meine drei jungen Burschen, die abends zum Essen kamen, und manchmal blieben sie hinterher im Eßzimmer und lasen die Zeitung. Aber ich konnte nicht von ihnen erwarten, daß sie sich für die hunderterlei Kleinigkeiten interessierten, die zu meinem Alltag gehörten. Warum auch? Ich bedeutete ihnen ja nichts. Eines Abends hörte ich sogar, wie sie auf der Treppe von mir als der ›Vogelscheuche‹ sprachen. Macht nichts. Es machte mir nichts aus. Nicht ein bißchen. Ich versteh's gut. Sie sind jung. Warum sollte ich's übelnehmen? Aber ich erinnere mich, daß ich an jenem Abend besonders dankbar war, nicht ganz allein zu sein. Nachdem sie weggegangen waren, hab' ich's ihm erzählt. Hab' zu ihm gesagt: »Weißt du, wie sie deine Missie nennen?« Und er hat seinen Kopf auf die Seite gelegt und mich mit seinen glänzenden Äuglein angeschaut, bis ich lachen mußte. Ihm schien es Spaß zu machen.

...Haben Sie sich je Vögel gehalten? Wenn nicht, dann muß Ihnen das alles vielleicht übertrieben vorkommen. Die Leute glauben immer, Vögel seien herzlos und kalt – nicht wie

Hunde und Katzen. Meine Waschfrau, wenn die montags kam, wunderte sich, weshalb ich mir keinen ›netten Foxterrier‹ hielte, und sagte: »Ein Kanarienvogel kann einen doch nicht trösten, Miss!« Stimmt nicht. Stimmt überhaupt nicht! Ich kann mich an eine Nacht erinnern: ich hatte einen furchtbaren Traum gehabt – Träume können schrecklich grausam sein –, und noch, nachdem ich wach war, konnte ich ihn nicht abschütteln. Daher zog ich mir meinen Morgenrock über und bin in die Küche hinunter, ein Glas Wasser trinken. Es war eine Winternacht, und es regnete sehr. Vermutlich war ich noch halb im Schlaf, denn mir schien es, daß durchs Küchenfenster – es hatte keine Stores – die Finsternis hereinspähte und spionierte. Da fand ich es auf einmal unerträglich, daß ich niemanden hatte, dem ich hätte sagen können: »Mir hat was Furchtbares geträumt!« oder »Steh mir bei vor der Finsternis!« Eine Minute hab' ich sogar die Hände vors Gesicht geschlagen. Und plötzlich hör' ich ein kleines ›Piep! Piep!‹ Sein Käfig stand auf dem Tisch, und das Tuch war ein bißchen verrutscht, so daß ein Lichtspalt in den Käfig fiel. ›Piep! Piep!‹ sagte das liebe Kerlchen noch mal ganz leise, als wollt's mir sagen: ›Ich bin hier, Missie! Ich bin hier!‹ Und das hat mich so wunderbar getröstet, daß ich beinah geweint hätte.

... Und jetzt ist er nicht mehr da. Nie wieder will ich mir einen Vogel halten, auch kein andres Tier. Wie könnte ich wohl? Als ich ihn fand, wie er mit matten Augen und verkrampften Krällchen auf dem Rücken lag, und als ich begriff, daß mein kleiner Liebling nie wieder für mich singen würde, da war mir, als würde etwas in mir sterben. Mein Herz war ausgeleert, leer wie sein Käfig. Ich werd's verwinden. Natürlich. Ich muß ja. Mit der Zeit kann man alles verwinden. Und die Leute sagen immer, ich hätt' eine fröhliche Gemütsart. Da haben sie ganz recht. Dafür bin ich Gott dankbar.

... Immerhin, auch ohne krankhaftes Grübeln und Nichtloskommen von – von Erinnerungen und dergleichen muß ich doch gestehen, daß das Leben was Trauriges zu haben scheint, finde ich. Es ist schwer zu sagen, was es eigentlich ist. Ich meine nicht den Kummer, den wir alle kennen: Krankheit und Armut und Sterben. Nein, es ist etwas anderes. Es ist da – tief innen ist es, ein Teil von einem selber – wie der eigene Atem. Und wenn ich mich noch so sehr abrackere und plage – sowie ich aufhöre mit der Arbeit, weiß ich, daß es da ist und wartet. Ich frage mich oft, ob alle Menschen das spüren. Man weiß ja nie. Aber ist es nicht seltsam, daß in all seinen fröhlichen kleinen Liedern es gerade *das* war – diese Trauer – oder was sonst –, was ich gehört habe?

Geschichte eines verheirateten Mannes

— — — — — — — — — — — — — — —

I.

Es ist Abend. Das Nachtessen ist vorbei. Wir haben das kleine, kalte Eßzimmer verlassen und sind wieder ins Wohnzimmer gegangen, wo ein Feuer im Kamin brennt. Alles ist wie immer. Ich sitze an meinem Schreibtisch, der schräg in eine Ecke gestellt ist, so daß ich gewissermaßen dahinter bin und ins Zimmer blicke. Die Lampe mit dem grünen Schirm brennt; vor mir liegen zwei große Nachschlagewerke, beide geöffnet, und ein Stoß Papiere ... also das ganze Handwerkszeug eines überaus beschäftigten Mannes. Meine Frau sitzt auf einem niedrigen Sessel vor dem Feuer – auf dem Schoß ihren kleinen Jungen. Sie will ihn zu Bett bringen, ehe sie das Geschirr abräumt und es in der Küche aufstapelt– für das Mädchen morgen früh. Aber die Wärme, die Stille und das schläfrige Baby haben sie verträumt gemacht. Der eine seiner rotwollenen Schuhe ist abgefallen, den andern hat es noch an. Sie sitzt vornübergebeugt, hat den kleinen bloßen Fuß umfaßt und starrt in die Glut, und je nachdem, wie das Feuer sich belebt, zusammensinkt und wieder aufflackert, ist auch ihr Schatten auf der Wand – eine riesige ›Mutter mit Kind‹ – einmal da und wieder fort ...
Draußen regnet es. Ich denke gern an das kalte, tropfnasse Fenster hinter der Markise und an die dunklen Sträucher weiter hinten im Garten, ihre breiten Blätter blank vom Regen, und jenseits des Zauns an die glitzernde Straße mit den zwei schmalen Regenrinnen, die heiser gegeneinander ansingen, und an die Reflexe der Straßenlampen, die wie Fischschwänze zucken. Während ich hier bin, bin ich dort, hebe mein Gesicht zum dunklen Himmel auf und glaube zu wissen, daß es auf der ganzen Welt regnet, daß die ganze Erde aufgeweicht ist und widerhallt vom sanften, flinken Drippeln oder vom harten, stetigen Trommeln oder von einem Gegurgel, das gleichzeitig Schluchzen und Lachen ist – dazu das leichte, verspielte Plätschern von Wasser, das auf stille Seen

und flutende Flüsse fällt. Und stets, in ein und demselben Augenblick, komme ich in einer fremden Stadt an, schlüpfe unter das Verdeck der Droschke, während der Kutscher dem schnaubenden Pferd die Decke abreißt, rase von einer geschützten Stelle zur nächsten, weiche jemandem aus, mache einen Bogen um jemand. Ich bin hoher Häuser inne, bin ihrer gegen die Nacht verrammelten Türen und Fensterläden, ihrer tropfenden Balkone und durchnäßten Blumentöpfe inne. Ich streife durch verlassene Gärten und stolpere in feucht riechende Lauben (du weißt, wie weich und beinah morsch das Holz einer Laube im Regen ist); ich stehe auf dem dunklen Pier und gebe der nassen roten Hand des alten Matrosen im Ölzeug meine Fahrkarte. Wie herb das Meer riecht! Wie laut die vertäuten Boote gegeneinanderschlagen! Ich überquere den nassen Stapelplatz, über Kopf und Schulter einen alten Sack, in der Hand eine Laterne, während der Hund, naß wie eine Fußmatte, mich umspringt und sich schüttelt und mich naß spritzt. Und jetzt gehe ich eine verlassene Landstraße entlang, den Pfützen ausweichen ist unmöglich, und die Bäume regen sich im Wind.
Doch eine solche Liste könnte man endlos fortführen, ewig weiter, bis man ein einzelnes Cannablatt aufhebt und die darunter haftenden, winzigen Schnecken entdeckt, bis man zu zählen beginnt . . . und was dann? Sind das nicht einfach die Zeichen, die Spuren meiner Gefühle? Die hellen grünen Streifen, die jemand macht, der über das betaute Gras geht? Nicht die Gefühle selbst! Und während ich es denke, hebt in meiner Brust eine schwermütige, herrliche Stimme zu singen an. Ja, vielleicht kommt es dem, was ich meine, näher. Was für eine Stimme! Welche Kraft! Welche samtene Zartheit! Wunderbar!
Plötzlich dreht sich meine Frau rasch zu mir um. Sie weiß – wie lange hat sie es schon gewußt? –, daß ich nicht ›arbeite‹. Seltsam, daß sie bei ihrem offenen, vollen Blick so scheu lächelt und daß sie mit einer so zögernden Stimme fragt: »Was denkst du?«
Ich lächle und streiche mir mit zwei Fingern über die Stirn, wie es meine Gewohnheit ist. »Nichts«, antworte ich weich.

Daraufhin regt sie sich und sagt — noch immer bemüht, es nicht wichtig klingen zu lassen: »Oh, du mußt doch an etwas gedacht haben!«
Nun blicke ich ihr wirklich ins Gesicht, begegne ihrem Blick und stelle mir vor, daß ihr Gesicht zuckt. Wird sie sich nie an diese simplen — sozusagen alltäglichen kleinen Lügen gewöhnen? Wird sie nie lernen, sich keine Blöße zu geben oder gleich Verteidigungsstellung zu beziehen?
»Es ist wahr — ich dachte an nichts.«
Da haben wir's! Ich glaube zu sehen, wie es sie trifft. Sie wendet sich ab, zieht dem Baby das zweite rote Söckchen aus, setzt es aufrecht hin und beginnt, es hinten aufzuknöpfen. Ich frage mich, ob das kleine, weich herumrollende Bündel etwas bemerkt, etwas empfindet? Jetzt legt sie es querüber auf ihre Knie, und in diesem Licht, mit seinen weichen, rudernden Armen und Beinen, gleicht es ganz erstaunlich einer kleinen Krabbe. Sehr sonderbar, daß ich es nie im Zusammenhang mit mir und meiner Frau sehen kann — ich habe es nie als ›unser‹ akzeptiert. Jedesmal, wenn ich beim Betreten des Flurs den Kinderwagen sehe, denke ich: ›Aha, jemand hat ein Kind bei sich!‹ Oder wenn ich nachts von seinem Weinen geweckt werde, bin ich drauf und dran, meiner Frau Vorwürfe zu machen, weil sie das Kind hereingeholt hat. Im Grunde — obwohl man starke mütterliche Gefühle bei ihr vermuten könnte — scheint mir meine Frau nicht zu den Frauen zu gehören, die selber ein Kind austragen. Das ist ein gewaltiger Unterschied! Wo ist bei ihr das — tierhaft Zufriedene und Verspielte, wo das flinke Küßchengeben und Herzen, das man bei jungen Müttern zu erwarten gewohnt ist? Davon merkt man keine Spur. Ich glaube, wenn sie ihm das Mützchen umbindet, kommt sie sich wie eine Tante vor — und nicht wie eine Mutter. Aber ich kann mich natürlich täuschen; sie könnte leidenschaftlich an dem Kind hängen ... Nein, ich glaube es nicht. Ist es nicht eigentlich ein wenig indiskret, so über seine eigene Frau zu denken? Aber ob indiskret oder nicht — solche Gedanken kommen einem. Und noch etwas anderes! Wie darf ich von meiner Frau — ›einer Frau mit gebrochenem Herzen‹ — über-

haupt erwarten, daß sie ihre Zeit damit zubringt, mit dem Baby herumzutändeln? Doch das trifft die Sache nicht. Auch als ihr Herz noch heil war, hat sie nie mit dem Kind getändelt.
Und nun hat sie das Baby zu Bett gebracht. Ich höre ihre leisen, sicheren Schritte zwischen dem Eßzimmer und der Küche hin- und hergehen, vom Klappern des Geschirrs begleitet. Und jetzt ist alles ruhig. Was macht sie jetzt? Oh, ich weiß es so genau, als wäre ich nachsehen gegangen: sie steht mitten in der Küche, dem verregneten Fenster gegenüber. Ihr Kopf ist gesenkt, und mit einem Finger malt sie – etwas – nichts – auf den Küchentisch. Es ist kalt in der Küche; das Gas flackert auf; der Hahn tropft – ein Bild der Verlassenheit! Und niemand wird hinter sie treten, sie umarmen und ihr weiches Haar küssen, sie ans Kaminfeuer geleiten und ihr die Hände warm reiben. Niemand, der sie ruft oder sich wundert, was sie da draußen in der Küche macht. Und das weiß sie. Und doch – weil sie eine Frau ist, erwartet sie wirklich im innersten, innersten Herzen, daß das Wunder doch geschieht: sie könnte wirklich mit diesem dunklen, dunklen Trug leben, statt – so zu leben . . . wie jetzt.

II.

Statt *so zu leben . . .* Ich schreibe diese Worte sehr sorgfältig – male sie geradezu. Aus irgendeinem Grund möchte ich sie signieren oder eine Unterschrift hinsetzen: Neue Feder ausgeprobt! Aber im Ernst: ist es nicht erschütternd, wenn man sich überlegt, was in einer einzigen, harmlos aussehenden Redewendung stecken kann? Sie reizt mich, reizt mich schrecklich. Szene: der Abendbrottisch. Meine Frau hat mir soeben die Teetasse gereicht. Ich rühre um, nehme den Löffel und suche gelangweilt und dann mit Bedacht ein Teeblättchen zu erwischen, und nachdem ich es herausgefischt habe, murmele ich sehr sanft: »Wie lange sollen wir noch – so leben wie jetzt?« Und sofort ist er da, der berühmte ›grelle Blitz und betäubende Donnerschlag. Riesige Stücke *débris* (ich muß gestehen, *débris* gefällt mir) werden in die

Luft geschleudert . . . und wenn sich die dunklen Rauchwolken verzogen haben . . .‹ Aber das wird nie geschehen. Nie werde ich es wissen. Man wird es sozusagen ›unversehrt‹ bei mir finden. ›Öffnet mein Herz, und ihr werdet erkennen . . .‹

Warum? Ja, das ist es ja gerade! Das ist die Frage, die von allen Fragen am schwierigsten zu beantworten ist. Warum bleiben die Menschen beisammen? Wenn man Phrasen wie ›wegen der Kinder‹ und ›finanzielle Gründe‹ und ›jahrelange Gewohnheit‹ als Advokatengerede beiseite läßt (und mehr ist es nicht) und wirklich herauszufinden versucht, weshalb die Menschen nicht auseinandergehen, dann entdeckt man ein Geheimnis: es ist deshalb, weil sie es nicht können, weil sie gebunden sind. Und niemand auf Erden weiß, was für Bande es sind, die sie aneinander binden, ausgenommen diese beiden. Drücke ich mich undeutlich aus? Aber schließlich ist es ja auch kein kristallklares Problem, nicht wahr? Also greifen wir es einmal so an: angenommen, man wird zuerst in sein unbedingtes Vertrauen gezogen und danach in das ihre. Angenommen, man weiß alles, was es über die Situation zu wissen gibt. Und nachdem man nicht nur sein tiefstes Mitgefühl, sondern auch sein ehrlichstes, aufrichtigstes Urteil darauf verwendet hat, erklärt man sehr ruhig (aber nicht frei von Schadenfreude, denn – ich kann's beschwören – selbst in den Besten unter uns gibt es etwas, was aus reiner Freude am Zerstörenkönnen aufspringt und ›A-aaah!‹ ruft): »Meiner Meinung nach solltet ihr beiden euch trennen. Das Zusammenbleiben nützt euch gar nichts. Mir scheint sogar, daß es eure beiderseitige Pflicht ist, den andern freizugeben.« Was geschieht dann? Sie sind einverstanden – er und sie. Es ist auch ihre Überzeugung. Man spricht nichts anderes aus, als was sie schon selber letzte Nacht gedacht haben. Und sie gehen weg, um den Rat unverzüglich zu befolgen . . . Und wenn man das nächstemal von ihnen hört, sind sie immer noch beisammen. Man hat nämlich nicht mit der unbekannten Größe gerechnet – mit ihrer geheimen Beziehung zueinander –, und die können sie nicht aufdecken, selbst wenn sie es wollten. Bis zu dem Punkt kann man es in Worte fassen — und nicht weiter. Man verstehe mich nicht falsch: es muß nicht unbedingt damit zu tun haben, ob sie miteinander schlafen . . . Und das bringt mich auf einen Gedanken, den ich schon oft halb erwogen habe: nämlich, daß die Menschen, wie wir sie kennen, einander überhaupt nicht wählen, sondern die Wahl trifft — für seine eigenen Zwecke — ihr ›Herr und Meister‹, das zweite Ich, das ihnen innewohnt, und das zweite Ich im andern reagiert darauf — so absurd und weit hergeholt das klingen mag. Dunkel, ganz dunkel begreifen wir es, wie mir scheint, jedenfalls so weit, daß wir die Hoffnungslosigkeit eines Fluchtversuchs begreifen. Es läuft also darauf hinaus: wenn mein vergängliches Ich und das meiner Frau glücklich sind — *tant mieux pour nous* —, sind sie unglücklich — *tant pis*... Aber ich weiß nicht, ich weiß nicht— Es könnte doch auch sein, daß es etwas rein Individuelles in mir ist, diese Empfindung (denn eine Empfindung ist es auch), nämlich: wie seltsam *schneckenhaft* wir sind, kleine Geschöpfe, die aus dem Schilderhäuschen am Tor spähen, vom Glaskasten her den Eingang mustern, blasse kleine Diener, die nicht einmal mit Sicherheit sagen können, ob der ›Herr und Meister‹ zu Hause ist oder nicht...

Die Tür geht auf . . . Meine Frau. Sie sagt: »Ich gehe zu Bett.«

Und ich blicke unsicher auf und sage unsicher: »Du gehst zu Bett.«

»Ja.« Eine winzig kleine Pause. »Und bitte — du vergißt nicht, das Gaslicht im Flur abzudrehen?«

Und ich wiederhole: »Das Gaslicht im Flur.«

Es war einmal eine Zeit — die Zeit davor —, als diese Gewohnheit von mir — jetzt ist es wirklich eine Gewohnheit geworden, damals war es keine — zu unsern lustigsten Scherzen gehörte. Es begann natürlich damit, daß ich mehrmals hintereinander wirklich tief in Gedanken war und nichts hörte. Ich tauchte erst wieder auf, wenn ich sah, wie sie den Kopf schüttelte und mich auslachte: »Kein Wort hast du gehört!«

»Stimmt! Was hast du gesagt?«

Warum hatte sie das komisch und reizend gefunden? Aber so war es: es entzückte sie. »Oh, mein Liebster, es sieht dir so ähnlich! Es ist so – so . . .« Und ich begriff, daß sie auch das an mir liebte. Und ich begriff, daß sie sich buchstäblich darauf freute, hereinzukommen und mich zu stören. Deshalb ging ich – wie man das so tut – darauf ein. Jeden Abend um halb elf war ich – zuverlässig – geistesabwesend. Aber jetzt? Aus irgendeinem Grunde finde ich, daß es grausam wäre, das Spielchen abzubrechen. Es ist einfacher, weiterzumachen. Aber worauf wartet sie heute noch? Warum geht sie nicht? Warum zieht sie es in die Länge? Sie geht! Nein – sie hat die Hand schon auf dem Türknauf, dreht sich wieder um und sagt mit ganz merkwürdiger, schwacher, tonloser Stimme: »Du frierst doch nicht?«

Oh, es ist nicht fair, gefühlvoll zu werden! Das war einfach schändlich! Ich zittere am ganzen Leibe, ehe es mir gelingt, ein gedehntes »N-nein!« herauszuwürgen, während meine Linke im Nachschlagewerk blättert.

Sie ist fort; heute abend kommt sie nicht mehr zurück. Nicht nur ich begreife es – auch das Zimmer verändert sich. Es entspannt sich – wie ein alter Schauspieler. Langsam wird die Maske abgeschminkt; der Ausdruck gespannter Aufmerksamkeit wird zu einer Miene dumpfen, verdrossenen Grübelns. Jede Linie, jede Falte flüstert von Ermüdung. Der Spiegel ist ausgelöscht, die Asche gebleicht; nur meine hinterhältige Lampe brennt weiter . . . Aber was für eine höhnische Gleichgültigkeit mir gegenüber ist das alles! Oder sollte ich mich vielleicht geschmeichelt fühlen? Nein, wir verstehen einander. Du kennst ja die Geschichte von den kleinen Kindern, die von Wölfinnen gesäugt und vom Rudel angenommen werden, und wie sie sich von da an ständig frei zwischen ihren flinkfüßigen grauen Brüdern bewegen? Etwas Ähnliches ist mir widerfahren. Aber halt! Das mit den Wölfen stimmt nicht. Wie merkwürdig! Bevor ich es niederschrieb und solange es noch in meinem Kopf war, begeisterte es mich. Es schien genau das, was ich sagen wollte, auszudrücken, besser noch: zu suggerieren. Aber da es hingeschrieben ist, rieche ich sofort die Verlogenheit. Und der Ursprung des schlechten Geruchs liegt im Wort ›flinkfüßig‹. Findest du nicht auch? ›Flinkfüßige graue Brüder!‹ ›Flinkfüßig.‹ Ein Wort, das ich niemals benutze! Als ich ›Wölfe‹ hinschrieb, flitzte mir das andere Wort wie ein Schatten durch den Kopf, und ich konnte nicht widerstehen. Sag mir, o sag mir, weshalb es so schwer ist, schlicht zu schreiben — nicht bloß schlicht, sondern *sotto voce*, wenn du weißt, was ich meine? So, ja so möchte ich schreiben! Keine Glanzlichter, keine *bravura*. Sondern einfach die nackte Wahrheit, wie nur ein Lügner sie erzählen kann.

III.

Ich zünde mir eine Zigarette an, lehne mich zurück, mache einen Lungenzug — und frage mich, ob meine Frau eingeschlafen ist. Oder liegt sie in ihrem kalten Bett und starrt mit ihren vertrauensvollen, betroffenen Augen ins Dunkel? Ihre Augen sind wie die einer Kuh, die auf der Landstraße entlanggetrieben wird. ›Warum treibt man mich? Was habe ich angerichtet?‹ Aber ich bin wirklich nicht für diesen Blick verantwortlich: es ist ihr natürlicher Ausdruck. Als sie eines Tages ein Schubfach aufräumte, fand sie ein kleines, altes Photo von sich, aus ihrer Schulzeit. In ihrem Einsegnungskleid, wie sie mir erklärte. Und da waren dieselben Augen, damals schon. Ich erinnere mich, daß ich sie fragte: ›Hast du immer so traurig ausgesehen?‹ Und sie beugte sich über meine Schulter und lachte leise: ›Seh' ich denn traurig aus? Ich glaube, das bin einfach ... ich!‹ Und sie wartete, daß ich etwas darüber sagen solle. Ich aber wunderte mich über ihren Mut, daß sie es mir überhaupt gezeigt hatte. Es war ein häßliches Photo! Und ich fragte mich wieder, ob sie wußte, wie reizlos sie war, und sich tröstete mit dem Gedanken, daß Menschen, die einander liebten, nicht kritisieren, sondern alles bejahen — oder ob sie ihr Äußeres sogar mochte und von mir erwartete, ihr etwas Schmeichelhaftes zu sagen.
Oh, wie gemein von mir! Wie konnte ich die unzähligen Male vergessen, wenn sie sich abwandte, weg vom zu hellen Licht, und ihr Gesicht an meiner Schulter verbarg! Und vor

allem: wie konnte ich den Nachmittag unseres Hochzeitstages vergessen haben, als wir im Botanischen Garten auf der grünen Bank saßen und der Musikkapelle zuhörten und sie sich in der Pause zwischen zwei Stücken plötzlich mir zuwandte und mit einer Stimme, mit der man sonst fragt: ›Meinst du, daß der Rasen feucht ist?‹ oder ›Glaubst du, es ist Zeit für den Tee?‹, zu mir sagte: »Findest du, daß körperliche Schönheit so sehr wichtig ist?« Ich mag nicht daran denken, wie oft sie diese Frage vorher einstudiert hatte! Und weißt du, was ich ihr antwortete? Im nämlichen Augenblick kam wie auf Bestellung ein lauter, schriller Tusch von der Kapelle, und ich brachte es fertig, ihn fröhlich zu überschreien und zu antworten: »Ich kann nicht hören, was du sagst!« Satanisch, nicht wahr? Vielleicht nicht ganz. Sie sah wie der arme Patient aus, der den Chirurgen sagen hört: ›Die Operation muß bestimmt einmal vorgenommen werden – aber jetzt noch nicht!‹

IV.

Doch all das vermittelt den Eindruck, daß meine Frau und ich nie richtig glücklich miteinander waren. Das stimmt nicht, stimmt ganz und gar nicht. Wir waren unfaßbar und strahlend glücklich. Wir waren ein Musterehepaar. Wenn du uns irgendwann und irgendwo gesehen hättest, wenn du uns gefolgt und nachgegangen wärst, uns beobachtet und überrascht hättest, als wir nicht auf der Hut waren, hättest du trotzdem gestehen müssen: ›Nie habe ich ein Paar gesehen, das besser zueinander paßte!‹ – Bis zum letzten Herbst. Aber um wirklich zu erklären, was da geschah, müßte ich weit, weit zurückgehen – ich müßte immer kleiner werden, bis meine Hände die Geländerdocken umklammerten – das Geländer war höher als mein Kopf – und ich hindurchspähte, um meinen Vater leise auf- und ablatschen zu sehen. Die Fenster an den Treppenabsätzen waren aus Buntglas. Kam er herauf, dann war sein kahler Kopf zuerst scharlachrot und dann gelb. Wie ich mich fürchtete! Und war ich zu Bett gebracht worden, dann träumte mir immer, daß wir in einer von Vaters großen, bunten Flaschen wohnten. Er war nämlich Apotheker. Ich kam neun Jahre nach der Heirat meiner Eltern auf die Welt. Ich war ein einziges Kind, und die Mühe, auch nur mich hervorzubringen – eine kleine, welke Knospe muß ich gewesen sein –, zehrte alle Kraft meiner Mutter auf. Sie konnte ihr Zimmer nie mehr verlassen. Bett, Sofa und Fenster – dazwischen bewegte sie sich. Ich kann sie vor mir sehen, wie sie an den Fenstertagen dasaß, das Kinn in die Hand gestützt, und hinausblickte. Ihr Zimmer ging auf die Straße. Die Wand gegenüber war mit Plakaten von Wanderbühnen und Zirkustrupps und so weiter beklebt. Ich stehe neben ihr, und wir bestaunen die schlanke Dame im roten Kleid, die einem dunkelhaarigen Herrn mit ihrem Sonnenschirm auf den Kopf schlägt, oder den Tiger, der aus dem Dschungel späht, während gleich daneben ein Clown eine Flasche auf seiner Nase balanciert, oder das kleine blonde Mädchen auf den Knien eines alten Negers mit breitkrempigem Baumwollhut ... Sie sagt nichts. An den Sofatagen – der Flanellmorgenrock, den ich hasse, und ein Kissen, das dauernd vom harten Sofa rutscht. Ich hebe es auf. Blumen und Schrift sind darauf genäht. Ich frage sie, was die Schrift bedeutet, und sie flüstert: »Ruhe sanft!« Im Bett flechten ihre Finger die Fransen der Bettdecke zu festen kleinen Zöpfen, und ihre Lippen sind schmal. Und das ist alles, was von meiner Mutter zu erzählen wäre – bis auf die letzte, wunderliche ›Episode‹, die später kommt.

Mein Vater ... In der Ecke kauernd, auf dem Deckel der Tonne mit den Badeschwämmen, starrte ich meinen Vater so lange an, daß mir sein Bild, in der Hüfte durch den Ladentisch halbiert, unverrückbar im Gedächtnis haftenblieb. Völlig kahl; ein blanker, schmaler, eiförmiger Kopf; faltige, teigige Wangen, kleine Säcke unter den Augen, blasse Ohren, groß wie Topfhenkel. In seinem Gebaren war er diskret, hinterhältig, leicht spöttisch mit einem Anflug von Unverschämtheit. Lange bevor ich sie durchschaute, war mir diese Mischung vertraut ... Ich pflegte ihn sogar nachzumachen in meiner Ecke, vornübergebeugt, mit einem leichten Abklatsch seines kaum merklichen Hohnlächelns. Am Abend waren seine Kunden vor allem junge Frauen; einige von ihnen holten sich Tag für Tag sein berühmtes Fünf-Penny-Stärkungsmittel. Ihre geschmacklose Aufmachung, ihre Stimmen und ihre dreiste Art faszinierten mich. Ich wünschte mir sehnlichst, mein Vater zu sein und ihnen über die Theke weg ein Gläschen mit dem bläulichen Getränk zu reichen, das sie so gierig hinunterkippten. Gott weiß, woraus es bestand! Viele Jahre später trank ich etwas davon, um zu wissen, wie es schmeckte, und mir war, als hätte mir jemand einen furchtbaren Schlag auf den Kopf versetzt; ich war ganz benommen.

An einen dieser Abende kann ich mich lebhaft erinnern. Es war kalt; es muß im Herbst gewesen sein, denn gleich nach meinem Tee wurde das flackernde Gaslicht angezündet. Ich saß in meiner Ecke, und mein Vater mischte etwas; der Laden war leer. Plötzlich klimperte die Ladenglocke, und eine junge Frau stürzte herein und weinte so laut und schluchzte so wild, daß es ganz unwirklich klang. Sie trug einen grünen, pelzbesetzten Umhang und einen Hut mit herunterbaumelnden Kirschen. Mein Vater kam hinter dem Wandschirm hervor. Zuerst konnte sie sich gar nicht beruhigen. Sie stand mitten im Laden und rang die Hände und ächzte; nie wieder habe ich so ein Gejammer gehört. Endlich konnte sie mühsam herauswürgen: »Geben Sie mir einen Pick-me-up!« Dann holte sie tief Atem, trat zitternd von ihm weg und wimmerte: »Ich hab' schlechte Nachrichten gehabt!« Und im flackernden Gaslicht sah ich, daß die eine Gesichtshälfte geschwollen und bläulichrot war; die Lippe war aufgeplatzt, und das Augenlid sah aus, als wäre es fest auf das feuchte Auge geklebt. Mein Vater schob das Glas über den Ladentisch, und sie holte die Geldtasche aus dem Strumpf und zahlte. Aber sie konnte nicht trinken; sie umklammerte das Glas und stierte vor sich hin, als könne sie nicht glauben, was sie sah. Wenn sie den Kopf zurückbog, schossen jedesmal wieder die Tränen hervor. Schließlich stellte sie das Glas ab. Es war zwecklos. Sie raffte ihren Umhang mit der einen Hand zusammen und stürzte genauso aus dem Laden, wie sie gekommen war. Mein Vater blieb stumm. Aber noch lange, nachdem sie weg war, kauerte ich in meiner Ecke, und wenn ich an damals zurückdenke, ist's mir, als hätte mein ganzer Körper gezittert. ›So ist es also draußen‹, dachte ich. ›So ist's da draußen!‹

V.

Erinnerst du dich deiner Kindheit? Immer wieder stoße ich auf wunderbare Berichte von Schriftstellern, die behaupten, daß sie sich an ›alles‹ erinnern. Ich kann's bestimmt nicht. Die dunklen Strecken und die leeren Stellen sind viel breiter als die hellen Durchblicke. Anscheinend habe ich die meiste Zeit wie eine Pflanze in einem Wandschrank verbracht. Hin und wieder, wenn die Sonne schien, holte mich eine lieblose Hand aufs Fensterbrett, und eine lieblose Hand nötigte mich wieder hinein – und das war alles. Was aber geschah im Dunkeln, frage ich mich. Wuchs man? Bleicher Stiel ... zaghafte Blätter ... weiße, zaudernde Knospe. Kein Wunder, daß ich in der Schule verhaßt war. Sogar die Lehrer scheuten vor mir zurück. Ich ahnte, daß meine leise, zögernde Stimme ihnen zuwider war. Ich sah auch, wie sie sich vor meinen erschrockenen, starrenden Augen abwandten. Ich war klein und mager und roch nach dem Laden; mein Spitzname war Flohpulver. Die Schule war eine Wellblechbarakke, die an einem kahlen Abhang klebte. Aus den Lehmböschungen des Schulhofs sickert es dunkelrot wie Blut. Ich verstecke mich im dunklen Korridor, wo die Mäntel hängen, und einer von den Lehrern findet mich dort. »Was machst du da im Dunkeln!« Seine furchtbare Stimme bringt mich um; ich sterbe vor seinen Augen. Ich stehe in einem Kreis sich reckender Köpfe; manche grinsen, manche glotzen begierig, manche spucken aus. Und immer ist es kalt. Große Haufenwolken schieben sich über den Himmel; das rostige Wasser im Schultank ist gefroren; die Glocke klingt tonlos. Eines Tages steckten sie mir einen toten Vogel in die Manteltasche. Ich fand ihn erst, als ich nach Hause kam. Mein Herz flatterte seltsam, als ich den schrecklich weichen, kalten kleinen Körper mit den nadeldünnen Beinchen und den verkrampften Krällchen herauszog. Ich setzte mich im Hof auf die Küchentreppe und legte den Vogel in meine Mütze. Die Federn um den Hals sahen feucht aus, und über den geschlossenen Augen war ein kleiner Federpuschel, der auch steif abstand. Wie fest der Schnabel geschlossen war! Ich konnte die Stelle, wo er sich teilte, nicht entdecken. Ich spannte den einen Flügel aus und berührte den weichen, heimlichen Flaum darunter; ich versuchte, ob sich die Krallen um meinen Finger krümmen würden. Aber er tat mir nicht leid, o nein! Ich wunderte mich nur. Der Rauch aus unserm Küchenschornstein sank nach unten, und Rußflokken schwebten zart und leicht durch die Luft. Eine armselige Pflanze mit matten, rötlichen Blüten zwängte sich durch eine große Ritze im Zementboden. Ich schaute wieder auf den toten Vogel . . . Und das ist das erstemal, daß ich mich erinnere, gesungen zu haben, oder vielmehr . . . daß ich einer lautlosen Stimme in einem kleinen Käfig lauschte, der ich selber war.

VI.

Doch was hat all das mit meinem Eheglück zu tun? Wie kann das alles meine Frau und mich berühren? Warum renne ich – um zu erzählen, was letzten Herbst geschehen ist – den ganzen Weg in die Vergangenheit zurück? Die Vergangenheit – was ist Vergangenheit? Ich könnte sagen, die sternförmige Rußflocke auf dem Blatt einer armseligen Pflanze und der auf dem Steppfutter meiner Mütze liegende Vogel und meines Vaters Mörserstößel und meiner Mutter Kissen gehören dazu. Aber damit ist nicht gesagt, daß sie heute weniger mein sind als damals, als ich sie mit meinem leiblichen Auge sah und mit diesen meinen Fingern berührte. Nein, sie sind mehr – sie sind ein lebendiges Teil von mir. Wer bin ich denn im Grunde, der ich hier an an diesem Tisch sitze, wenn nicht meine eigene Vergangenheit? Wenn ich das leugnete, wäre ich nichts. Und wenn ich versuchen wollte, mein Leben in Kindheit, Jugend, erste Mannesjahre und so weiter einzuteilen, es wäre Künstelei; ich wüßte, daß ich es nur wegen des angenehm wichtigen Gefühls tue, das sich einstellt, wenn man Linien zieht und grüne Tinte für die Kindheit, rote für den nächsten Abschnitt und violette für das Heranreifen benutzt. Denn *eins* habe ich gelernt, und *eins* glaube ich: daß *nichts unvermittelt geschieht.* Ja, das ist wahrscheinlich meine Religion.

Nimm zum Beispiel den Tod meiner Mutter. Ist er mir heute ferner als damals? Er ist genauso nah, so seltsam, so rätselhaft, und trotz der unzähligen Male, die ich mir seine besonderen Umstände wieder ins Gedächtnis rief, weiß ich heute ebensowenig wie damals, ob ich sie geträumt habe oder ob sie sich wirklich ereigneten. Es geschah, als ich dreizehn war; ich schlief damals in einem engen Abteil von Kammer im sogenannten Zwischenstock. Eines Nachts fuhr ich erschrokken auf und sah meine Mutter im Nachthemd, ohne den verhaßten Flanellmorgenrock auf meinem Bett sitzen. Aber das Seltsame, was mich erschreckte, war, daß sie mich nicht ansah. Sie hatte den Kopf gesenkt; der kurze, dünne Zopf hing zwischen ihren Schultern; die Hände hatte sie zwischen die Knie geklemmt, und mein Bett zitterte, weil es sie so fröstelte. Es war das erstemal, daß ich sie je außerhalb ihres Schlafzimmers gesehen hatte. Ich fragte, oder glaube, daß ich fragte: »Bist du's, Mutter?« Und als sie sich mir zuwandte, sah ich im Mondschein, wie seltsam sie aussah. Ihr Gesicht sah klein aus – ganz anders. Sie sah aus wie einer der Schuljungen im Schwimmbad, der – genau so fröstelnd – auf der Treppe kauert und hineingehen *möchte* und sich doch fürchtet.

»Bist du wach?« fragte sie. Sie schlug die Augen auf; ich glaube, sie lächelte. Sie beugte sich zu mir vor. »Ich bin vergiftet worden«, flüsterte sie. »Dein Vater hat mich vergiftet.« Und sie nickte. Dann, noch ehe ich ein Wort sagen konnte, war sie weg; ich glaube gehört zu haben, wie die Tür ins Schloß fiel. Ich saß ganz still und konnte mich nicht rühren, wahrscheinlich erwartete ich, daß etwas geschehen sollte. Lange Zeit lauschte ich nur; kein Laut war zu hören. Die Kerze stand neben meinem Bett, aber ich war zu erschrocken, um meine Hand nach den Zündhölzern auszustrecken. Doch noch während ich mich fragte, was ich tun solle, und noch während mein Herz hämmerte, wurde alles verworren. Ich streckte mich aus und zog die Bettdecken hoch. Ich schlief ein, und am nächsten Morgen wurde meine Mutter tot aufgefunden, an Herzversagen gestorben.

Hat sich dieser Besuch wirklich ereignet? War es ein Traum? Weshalb kam sie, um es mir zu sagen? Oder wenn sie kam – warum ging sie dann so schnell weg? Und ihr Ausdruck – so freudig trotz der furchtsamen Miene –, war er Wirklichkeit gewesen? Davon war ich ganz überzeugt, als ich am Nachmittag der Beerdigung meinen Vater mit Zylinder und so weiter für seine Rolle herausstaffiert sah. Der hohe, so glänzend schwarze und runde Zylinder glich ganz einem mit schwarzem Siegellack überzogenen Korken, und was sonst noch von meinem Vater da war, glich entsetzlich einer Flasche, und sein Gesicht war das Schild: *Tödliches Gift*. Es flog mir plötzlich durch den Sinn, als ich ihm im Flur gegenüberstand. Von jenem Tage an war mein heimlicher Spitzname für ihn ›Tödliches Gift‹ oder ›Der alte T. G.‹

VII.

Schon spät, es wird spät. Ich liebe die Nacht. Ich liebe es, zu verspüren, wie die Dunkelheit gleich einer Flutwelle langsam steigt und langsam über alles hinwegspült, es um und um dreht, hebt und fortschwemmt, alles, was auf dem dunklen Strand verstreut liegt, alles, was in den Klippenlöchern versteckt liegt. Ich liebe es, liebe das seltsame Gefühl, zu treiben – wohin? Nach dem Tod meiner Mutter war es mir furchtbar, zu Bett zu gehen. Ich saß meistens auf dem Fensterbrett, zusammengekauert, und beobachtete den Himmel. Mir schien es, daß der Mond sich viel schneller als die Sonne bewegte. Und einen großen, strahlend grünen Stern erkor ich als mein eigen. Mein Stern! Doch ich glaubte nie, daß er mir zuwinkte oder mir zuliebe lustig zwinkerte. Grausam, gleichgültig und herrlich loderte er hoch in der Luft. Einerlei – er war mein! Doch nah am Fenster wuchs eine Schlingpflanze mit kleinen rosa und blauroten Blütenknäueln. Die

kannten mich. Wenn ich sie nachts berührte, hießen sie meine Finger willkommen; die kleinen Ranken, die so schwach, so zart waren, wußten, daß ich ihnen nicht weh tun würde. Wenn der Wind die Blätter aufstöberte, glaubte ich ihr Zittern zu verstehen. Wenn ich ans Fenster trat, war mir, als sagten die Blüten untereinander: ›Der Junge ist da.‹
In den folgenden Monaten war oft Licht in meines Vaters Zimmer unten. Und ich hörte Stimmen und Gelächter. ›Er hat eine Frau bei sich‹, dachte ich. Doch es bedeutete mir nichts. Dann brachte mich die lustige Stimme und die Art ihres Lachens auf den Gedanken, es sei eins von den Mädchen, die abends immer in den Laden zu kommen pflegten – und allmählich stellte ich mir vor, welches Mädchen es war. Es war die Dunkle im roten Mantel und Rock, die mir einmal einen Penny geschenkt hatte. Ein fröhliches Gesicht hatte sich über mich gebeugt, warmer Hauch kitzelte meinen Hals, und an ihren langen Wimpern hingen kleine schwarze Klümpchen, – und als sie die Arme ausbreitete, um mich zu küssen, traf mich eine wunderbare Duftwelle. Ja, die war es! Die Zeit verging, und ich vergaß den Mond und meinen grünen Stern und meine scheue Kletterpflanze, und statt dessen trat ich ans Fenster, um auf das Licht in meines Vaters Fenster zu warten und auf die lachende Stimme zu lauschen, bis ich eines Nachts einnickte und träumte, sie sei wieder da, ziehe mich wieder an sich, und etwas Weiches, Warmes, Duftendes und Lustiges hing wie eine Wolke über mir. Doch als ich zu sehen versuchte, verspotteten mich ihre Augen nur, ihre roten Lippen öffneten sich, und sie zischte: »Kleiner Lauscher! Kleiner Lauscher!«, jedoch nicht, als wäre sie ärgerlich, sondern als begriffe sie mich – und ihr Lächeln erinnerte an eine Ratte – widerlich!
In der folgenden Nacht zündete ich die Kerze an und setzte mich an den Tisch. Als die Flamme sich beruhigt hatte, bildete sich allmählich ein kleiner Teich aus flüssigem Wachs, umgeben von einem weißen, weichen Wall. Ich nahm eine Nadel und piekte kleine Löcher in den Wall, klebte sie aber schnell wieder zu, bevor das Wachs auslaufen konnte. Nach einem Weilchen schien es mir, als spielte die Kerzenflamme

mit: sie hüpfte auf, zitterte und waberte hin und her; sie schien sogar zu lachen. Doch während ich mit der Kerze spielte und lächelte und die kleinen weißen Spitzchen abbrach, die sich auf dem Wachswall bildeten, und sie auf meinem Teich schwimmen ließ, bedrängte mich ein Gefühl entsetzlicher Verlassenheit ... ja, das ist das richtige Wort. Es kroch von meinen Knien zu den Hüften hinauf und in meine Arme; vor Elend tat mir der ganze Körper weh. Und mir wurde so seltsam, daß ich mich nicht rühren konnte. Etwas hatte mich dort an den Tisch festgebannt — ich konnte nicht einmal die Nadel fallen lassen, die ich zwischen Finger und Daumen hielt. Für die Dauer eines Augenblicks war mir gewissermaßen Einhalt geboten.

Und dann brach die welke Hülle der Knospe auf und fiel ab, und die Pflanze im Wandschrank erblühte. ›Wer bin ich?‹ dachte ich. ›Was bedeutet das alles?‹ Und ich sah mein Zimmer, die zerbrochene Büste eines Mannes namens Hahnemann oben auf dem Schrank und mein schmales Bett mit dem Kissen, an einen Briefumschlag erinnernd. Ich sah es alles, aber nicht, wie ich es vorher gesehen hatte ... Jedwedes Ding lebte. Doch das war noch nicht alles. Ich lebte ebenfalls und — anders kann ich es nicht ausdrücken — die Schranken zwischen uns waren gefallen — ich war in mein Reich gekommen!

VIII.

Die Schranken waren gefallen. Mein Leben lang war ich ein kleiner Ausgestoßener gewesen; und bis zu diesem Augenblick hatte mich niemand ›anerkannt‹; ich hatte im Schrank gelegen — oder in der Höhle, einsam. Doch jetzt war ich hervorgeholt worden, anerkannt, eingefordert. Ich habe mich nicht willentlich von der Menschenwelt abgewandt; ich hatte sie nie gekannt; doch von jener Nacht an hatte ich mich über alle Worte hinaus bewußt meinen stummen Brüdern zugewandt ...

I.

Nach dem Mittagessen saßen Milly und ihre Mutter wie immer auf der Terrasse vor dem Salon und bewunderten zum fünfhundertstenmal die Malven, die Rosen, das niedrige, helle Gras unter den Palmen und die Orangen vor dem welligen Blau des Wassers, als Marie kam und ihnen eine Karte brachte. Besucher waren in der Villa Martin eine große Seltenheit. Allerdings hatte Mr. Sandiman, der englische Geistliche, vorgesprochen, und er war auch ein zweitesmal zusammen mit seiner Frau zum Tee gekommen. Doch bei diesem zweiten Anlaß war etwas Furchtbares passiert. Mutter hatte einen Fauxpas begangen. Sie hatte gefragt: »Noch etwas Tee, Mr. Sandsack?« Oh, wie gräßlich, daß so etwas passiert war! Wieso hatte sie es bloß getan? Beim Gedanken daran wurde Milly noch jetzt puterrot. Und er hatte es ihnen offenbar nicht verziehen, denn er war nicht wiedergekommen. Deshalb versetzte sie die Visitenkarte in beträchtliche Aufregung.

Mr. Walter Prodger, lasen sie. Und dann eine amerikanische Adresse, so stark abgekürzt, daß keine der beiden Damen es verstand. Walter Prodger? Von dem hatten sie noch nie gehört! Mutter blickte auf die Karte – und dann auf Milly.

»Prodger, Kindchen?« fragte sie sanft, als wollte sie ihr eine Portion von einem noch nicht gekosteten Pudding reichen. Und nach der Art, wie Milly antwortete: »Ich weiß nicht, Mutter«, schien es, als zöge sie den Teller zurück.

»Das ist auch so ein Fall«, sagte Mutter und wurde ein klein bißchen nervös, »wo man so sehr die Nützlichkeit unsrer englischen Bedienten empfindet. Wenn ich zum Beispiel jetzt fragen könnte: ›Wie ist er denn, Annie?‹, wüßte ich sofort, ob ich ihn empfangen soll. Er könnte ja ein gewöhnlicher Mensch sein, der etwas verkauft – eine von diesen amerikanischen Erfindungen, um etwas zu schälen, verstehst du, Kindchen? Oder er könnte sogar eine Art ausländischer Schwindler

sein!« Bei diesem groben, eindeutigen Wort zuckte Mutter zusammen, als hätte sie sich mit ihrer Handarbeitsschere gestochen. Doch Marie lächelte jetzt und murmelte Milly zu: *»C'est un très beau Monsieur!«*
»Was sagt sie, Kindchen?«
»Sie sagt, er sähe sehr gut aus, Mutter.«
»Hm, dann sollten wir lieber ...«, begann Mutter. »Wo mag er jetzt sein?«
Marie antwortete: »Im Vestibül, Madame.«
In der Halle! Mutter sprang auf. Sie war ernstlich besorgt. In der Halle, mit all den wertvollen, ausländischen Kleinigkeiten, die ihnen nicht gehörten und die auf verschiedenen Tischchen zur Schau gestellt waren!
»Führen Sie ihn herein, Marie! Komm, Milly, mein Kind, wir wollen ihn im Salon empfangen. Ach, warum ist Miss Anderson nicht hier?« jammerte Mutter fast hörbar.
Aber Miss Anderson, Mutters neue Gesellschafterin, war nie zur Stelle, wenn sie gebraucht wurde. Sie war engagiert worden, um für die beiden Damen eine Hilfe und eine Stütze zu sein. Jemand, der gern reiste, von heiterer Gemütsart war, gut packen konnte und so weiter. Und dann, als sie die ganze Reise gemacht und die Villa Martin gemietet hatten und eingezogen waren, stellte es sich heraus, daß Miss Anderson Katholikin war. Die Hälfte ihrer Zeit, ja, mehr als das, brachte sie damit zu, in kalten Kirchen ihre Röcke an den Knien durchzuwetzen. Es war wirklich zu ...
Die Tür wurde geöffnet. Ein Fremder in mittlerem Alter, gut rasiert, sehr gut gekleidet, stand vor ihnen und verbeugte sich: seine Verbeugung war würdevoll. Milly sah, daß es ihrer Mutter großen Eindruck machte; sie dankte mit ihrer Königin-Alexandra-Verneigung. Was Milly anging, konnte sie sich niemals verneigen. Sie lächelte, von Scheu überkommen, aber sehr interessiert.
»Habe ich das Vergnügen«, fragte der Fremde sehr höflich, aber mit stark amerikanischem Akzent, »mit Mrs. Wyndham Fawcett zu sprechen?«
»Ja, ich bin Mrs. Fawcett«, sagte Mutter huldvoll, »und das ist meine Tochter Mildred.«

»Es freut mich, Sie kennenzulernen, Miss Fawcett!« Der Fremde streckte Milly eine frische, kühle Hand entgegen, die Milly noch gerade rechtzeitig ergriff, ehe sie wieder zurückgezogen wurde.

»Möchten Sie nicht Platz nehmen?« fragte Mutter und wies undeutlich auf all die vergoldeten Stühle.

»Danke, sehr gern«, sagte der Fremde.

Er setzte sich, noch immer ernst, schlug die Beine übereinander und verschränkte — höchst erstaunlich — auch die Arme. Er blickte sie über die dunklen Arme hinweg an, als blicke er über ein Gartentor.

»Milly, setz dich, Kindchen!«

Milly nahm also ebenfalls Platz, und zwar auf der Madame-Récamier-Chaiselongue, wo sie mit dem Finger eine Blume aus Filetspitze nachzeichnete. Eine kleine Pause entstand. Sie sahen, wie der Fremde schluckte; Mutters Fächer öffnete und schloß sich.

Dann sagte er: »Ich nahm mir die Freiheit, bei Ihnen vorzusprechen, Mrs. Fawcett, weil ich das Vergnügen hatte, in den Staaten die Bekanntschaft Ihres Gatten zu machen, als er dort Vorträge hielt. Es würde mich sehr freuen, unsre — ich wage zu hoffen, daß ich es so nennen darf — Freundschaft zu erneuern. Ist er gegenwärtig bei Ihnen? Erwarten Sie, daß er zu Ihnen stößt? Mir fiel auf, daß sein Name in der Lokalzeitung nicht erwähnt ist. Aber ich erklärte es mir als ausländischen Brauch: daß man der Dame den Vortritt läßt — möglicherweise?«

Und hier sah der Fremde so aus, als wolle er lächeln.

Doch im Grunde war es äußerst peinlich. Mutters Mund zitterte. Milly klemmte die Hände zwischen die Knie, blickte aber scharf unter den Brauen hervor. Die liebe, tapfere kleine Mummy! Wie Milly sie bewunderte, als sie sie sanft und ganz schlicht sagen hörte: »Ich muß Ihnen leider mitteilen, daß mein Mann vor zwei Jahren gestorben ist.«

Mr. Prodger zuckte heftig zusammen. »Tatsächlich?« Er schob die Unterlippe vor, zog die Brauen zusammen und wurde sehr nachdenklich. »Es tut mir aufrichtig leid, das zu hören, Mrs. Fawcett! Hoffentlich glauben Sie mir, wenn ich Ihnen

erkläre, daß ich nicht die leiseste Ahnung vom – Ableben Ihres Gatten hatte?«
»Natürlich!« Mutter strich leise über ihren Rock.
»Ich hoffe sehr«, sagte Mr. Prodger noch ernster, »daß meine Frage Ihnen nicht zuviel Kummer bereitet hat?«
»Nein, nein. Es macht nichts«, sagte die sanfte Stimme.
Aber Mr. Prodger gab nicht nach. »Wirklich nicht? Sind Sie ganz sicher?«
Nun hob Mutter den Kopf und bedachte ihn mit einem ihrer stillen, strahlenden, verklärten Blicke, die Milly so gut kannte. »Sie haben mir keineswegs weh getan«, antwortete sie, wie man es mitten aus dem feurigen Ofen gesagt hätte.
Mr. Prodger sah erleichtert aus. Er veränderte seine Stellung und fuhr fort: »Ich hoffe, daß der bedauerliche Umstand mich nicht Ihrer Gesellschaft berauben wird ...?«
»Oh, bestimmt nicht! Wir freuen uns darauf! Wir sind immer froh, jemanden kennenzulernen, der ...« Mutter zuckte zusammen und wurde etwas nervös. Sie flog von ihrem schattigen Zweig auf einen sonnigen. »Besuchen Sie die Riviera zum erstenmal?«
»Ja«, antwortete Mr. Prodger. »Ich war nämlich bis vor kurzem in Florenz. Dort zog ich mir eine starke Erkältung zu...«
»Florenz ist so feucht!« gurrte Mutter.
»... und der Arzt empfahl mir, hierher in die Sonne zu reisen, ehe ich wieder nach Hause zurückkehre.«
»Ja, die Sonne ist hier so wundervoll!« bestätigte Mutter mit Begeisterung.
»Ich finde allerdings, daß wir nicht allzuviel Sonne haben«, sagte Mr. Prodger skeptisch, und zwei Falten bildeten sich neben seinen Lippen. »Mir scheint, ich hätte dauernd in meinem Hotel herumgesessen – mehr Tage, als ich zählen kann.«
»Ach ja, Hotels können einem auf die Nerven gehen«, sagte Mutter und ließ beim Gedanken an einen einsamen Mann in einem Hotel teilnahmsvoll den Kopf hängen. »Sind Sie allein hier?« fragte sie sanft und vorsichtshalber ... man wußte ja nie... es war besser, sicherzugehen und taktvoll zu sprechen.
Aber ihre Befürchtungen waren unbegründet.

»O ja, ich bin allein!« rief Mr. Prodger viel herzhafter, als er bisher gesprochen hatte, und entfernte einen Fussel von seinem makellosen Hosenbein. Etwas in seiner Stimme verwirrte Milly. Was mochte es sein?
»Doch die Gegend ist ja so herrlich«, sagte Mutter, »daß man die Abwesenheit von Freunden gar nicht spürt. Erst gestern habe ich zu meiner Tochter gesagt, daß ich jahrelang hier leben könnte, ohne durch die Gartentür zu gehen. Es ist alles so wunderschön!«
»Finden Sie?« sagte Mr. Prodger ernst. Dann fuhr er fort: »Sie haben eine ganz entzückende Villa!« Und er blickte sich im Salon um. »Sind all diese antiken Möbelstücke echt, wenn ich fragen darf?«
»Ich glaube, ja«, antwortete Mutter. »Jedenfalls hat man es mir versichert. Ja, wir lieben unsre Villa. Aber natürlich ist sie sehr groß für uns beide allein, das heißt, für drei Damen. Meine Gesellschafterin, Miss Anderson, ist auch bei uns. Doch unglücklicherweise ist sie Katholikin und daher die meiste Zeit abwesend!« Mr. Prodger nickte, als wäre er ganz ihrer Meinung: Katholiken waren selten zu Hause!
»Aber ich habe gern viel Platz um mich her«, fuhr Mutter fort, »und meine Tochter ebenfalls. Große Zimmer lieben wir beide, und zwar viele, nicht wahr, Milly?«
Diesmal warf Mr. Prodger einen sehr herzlichen Blick auf Milly und sagte: »Ja, junge Leute lieben viel Platz und Bewegungsfreiheit!«
Er erhob sich, legte eine Hand auf den Rücken, die andere darüber und trat an die Terrasse.
»Von hier haben Sie ja Meerblick!« sagte er.
Das dürfte den beiden Damen wohl aufgefallen sein, denn vor ihren Fenstern dehnte sich das ganze Mittelmeer aus.
»Wir lieben das Meer so sehr«, sagte Mutter und stand ebenfalls auf.
Mr. Prodger schaute Milly an. »Sehen Sie die Jachten, Miss Fawcett?«
Milly sah sie allerdings.
»Wissen Sie auch, was sie da draußen tun?« fragte Mr. Prodger.

Was sie tun! Das war nun wirklich eine komische Frage. Milly biß sich auf die Lippe.
»Sie haben ein Wettsegeln!« sagte Mr. Prodger, und diesmal lächelte er wirklich.
»O ja, natürlich«, stammelte Milly. »Natürlich!« Das wußte sie doch!
»Jedenfalls tun sie's nicht ständig«, sagte Mr. Prodger gutmütig. Dann drehte er sich zu Mutter um und begann sich feierlich zu verabschieden.
Mutter verschränkte ihre kleinen Hände und betrachtete ihn. »Ich wüßte gern«, sagte sie stockend, »ob es Ihnen Freude machen würde, bei uns zu Mittag zu essen? Ob es Ihnen nicht zu langweilig wäre nur mit zwei Damen? Es würde uns so freuen!«
Mr. Prodger wurde wieder tief ernst. Er schien sich zu wappnen, um die Einladung zum Mittagessen befriedigend zu beantworten. »Sehr herzlichen Dank, Mrs. Fawcett! Ich komme sehr gern!«
»Das freut mich sehr«, erwiderte Mutter warmherzig. »Überlegen wir doch! Heute ist Montag, nicht wahr, Milly? Würde es Ihnen am Mittwoch passen?«
Mr. Prodger erwiderte: »Es paßt mir ausgezeichnet, Mrs. Fawcett, am Mittwoch bei Ihnen zu Mittag zu essen. Mittwoch *à mi-di*, wie man es vermutlich hier nennt?«
»O nein! Wir halten unsre englische Lunchzeit inne. Um ein Uhr!« sagte Mutter.
Und nachdem das besprochen war, wurde Mr. Prodger immer feierlicher und feierlicher, bis er sich aus dem Zimmer gedienert hatte.
Mutter läutete Marie, damit sie ihn hinausbegleite, und kurz darauf fiel die große gläserne Haustür ins Schloß.
»So!« sagte Mutter. Sie lächelte strahlend. Ein kleines Lächeln nach dem andern flatterte wie ein Schmetterling, ließ sich auf ihren Lippen nieder und huschte weg, immer wieder. »Das war ein Erlebnis, Milly, nicht wahr, Kindchen? Und ich finde, er ist ein sehr charmanter Mann? Du auch?«
Milly verzog ihr Gesicht ein wenig und rieb sich die Augen.
»Doch, natürlich! Du mußt es zugeben, Kindchen! Und sein

Äußeres war so einnehmend, nicht wahr?« Mutter war offensichtlich hingerissen. »Ich meine, er sah so gepflegt aus. Sind dir seine Hände aufgefallen? Jeder Nagel glänzte wie ein Diamant! Ich muß schon sagen, daß ich es gern sehe, wenn . . .«

Sie brach ab und ging zu Milly hinüber. Sie zupfte ihr den großen Kragen zurecht.

»Du findest doch hoffentlich, daß es richtig von mir war, ihn zum Mittagessen einzuladen, ja?« fragte Mutter mit rührender Stimme.

Vor Mutter fühlte sich Milly stets so groß, so in die Höhe geschossen. Aber sie war ja auch groß. Sie konnte ihre Mutter hochheben und auf die Arme nehmen. Manchmal, wenn sie in einer besonderen Stimmung war, tat sie es. Fiel über Mutter her, die dann wie eine Maus quietschte und sogar mit den Beinen zappelte. Aber in letzter Zeit nicht mehr. Nur noch sehr selten . . .

»Es war sehr merkwürdig«, sagte Mutter. Sie hatte wieder den stillen, strahlenden, verklärten Blick. »Mir schien plötzlich, daß ich Vater sagen hörte: ›Lade ihn zum Mittagessen ein!‹ Und dann folgte eine Ermahnung – ich glaube, es war wegen des Weins. Aber das konnte ich nicht verstehen . . . leider«, fügte sie betrübt hinzu. Sie legte die Hand auf die Brust und senkte den Kopf. »Vater ist noch immer so nah«, flüsterte sie.

Milly blickte aus dem Fenster. Sie fand es abscheulich, wenn Mutter so redete. Aber sie konnte natürlich nichts sagen. Draußen vor den Fenstern war das Meer, und auf den Palmen lag silbriger Sonnenschein – wie Wasser, das von silbernen Rudern tropft. Milly hatte plötzlich Sehnsucht – aber wonach? – Sehnsucht, fliegen zu können.

Doch die Stimme ihrer Mutter holte sie in den Salon zurück, zurück zu den vergoldeten Stühlen und den vergoldeten Sofas, den Wandleuchtern und Schränkchen, den Tischen mit schwer duftenden Blüten und dem verblaßten Brokat, den rotgetupften Chinesendrachen auf dem Kaminsims und den beiden Türkenköpfen im Kamin unten, hinter denen die breiten Holzscheite lagen.

»Ich finde, eine Lammkeule wäre das richtige, nicht wahr, Kindchen?« sagte Mutter. »Die Lämmer sind gerade jetzt so besonders klein und zart. Und die Männer lieben nichts so sehr wie ein unverfälschtes Stück Fleisch. Yvonne versteht es auch so nett anzurichten – mit den kleinen Papierrüschen um die Keulchen! Es erinnert mich immer an etwas – ich weiß nicht, woran. Aber bestimmt sieht der Braten dadurch sehr verlockend aus!«

II.

Der Mittwoch kam heran. Und die Aufregung, die Mutter und Milly beim Anblick der Visitenkarte verspürt hatten, übertrug sich auf die ganze Villa. Ja, es war nicht zuviel gesagt, daß die ganze Villa beim Gedanken, einen Mann zum Mittagessen zu haben, gespannt und aufgeregt war. Die alte plattfüßige Yvonne kehrte vom Markt mit einem Stück Gorgonzola in so einwandfreiem Stadium der Reife zurück, daß sie hastig ihren großen Korb abstellte, als sie Marie in der Küche vorfand, und das Stück Käse hervorholte und es, noch im Einwickelpapier raschelnd, an ihren wogenden Busen hielt. *»J'ai trouvé un morceau de Gorgonzola«*, keuchte sie und rollte mit den Augen, als lüde sie den Himmel selber ein, auf den Käse herabzulächeln. *»J'ai un morceau de Gorgonzola ici pour un prrr-ince, ma fille!«* Und dabei zischte sie das Wort *›prrr-ince‹* wie einen Blitzstrahl heraus und hielt Marie das Käsestück unter die Nase. Marie war ein zart besaitetes Geschöpf – sie wäre vor Schreck fast in Ohnmacht gefallen. »Glaubst du etwa«, rief Yvonne verächtlich, »daß ich einen solchen Käse *pour ces dames* kaufen würde? Nie! Nie! *Jamais de ma vie!«* Ihr Wurstfinger wackelte vor ihrer Nase hin und her, und sie lispelte, Mutters Französisch abscheulich karikierend: »Wir haben keinen sehr großen Appetit, Yvonne. Wir sind auch sehr zufrieden mit gekochten Eiern und Kartoffelbrei und einem netten, einfachen Salat! Pah!« Mit verächtlichem Schnaufen schleuderte sie ihren Schal von sich, krempelte sich die Ärmel auf und begann den Korb auszupacken.

Auf dem Grunde lag ein flacher Flakon, den sie seufzend beiseite legte.
»De quoi pour cors«, sagte sie.
Marie ergriff ihrerseits eine Flasche Sauternes, trug sie ins Eßzimmer und murmelte, nachdem sie die Küchentür hinter sich geschlossen hatte: *»Et voilà pour les cors de Monsieur!«*
Das Eßzimmer war ein großer, mit dunklem Holz getäfelter Raum. Es hatte einen wuchtigen Kamin und geschnitzte, mit roter Damastseide gepolsterte Stühle. Auf dem schweren, polierten Tisch stand eine ovale, mit kleinen, vergoldeten Girlanden verzierte Glasschale. Die Schale faszinierte Marie. Es gehörte zu ihren Pflichten, sie stets mit frischen Blumen zu füllen. Doch bei ihrem Anblick überlief sie stets *un frisson*. Weil sie so einsam auf der weiten, dunklen Fläche stand, erinnerte sie Marie an ein kleines Grab. Und als sie eines Tages durch die hohen Glastüren auf die Terrasse trat, hatte sie einen glücklichen Einfall: sie wollte die Blumen immer so anordnen, daß sie bei einem zukünftigen, tragischen Anlaß für eine der Damen angemessen wäre. Ihr erstes Kunstwerk war furchtbar gewesen. *Das Grab von Mademoiselle Anderson!* Schwarze Stiefmütterchen, Maiglöckchen und eine Borte aus dunklem Heliotrop! Es bereitete ihr ein geradezu überdrehtes, merkwürdiges Vergnügen, Miss Anderson beim Mittagessen die Kartoffeln zu reichen und gleichzeitig an ihr vorbei auf ihren Triumph zu blicken. Es war *(oh ciel!)*, als reiche sie die Kartoffeln einem Leichnam zu!
Das Grab von Madame war, im Gegensatz dazu, äußerst fröhlich. Törichte Blümchen, halb gelb, halb blau, hingen über den Rand, grüne Rispen rankten drüberhin, und in der Mitte steckte eine große rote Rose. *Cœur saignant* hatte Marie es genannt. Doch es sah ganz und gar nicht wie ein blutendes Herz aus. Es sah rosig und heiter aus, wie Mutter, wenn sie aus einem schwelgerisch warmen Bad auftauchte.
Millys Grab war natürlich rein weiß. Weiße Levkojen, kleine weiße Rosenknospen mit ein paar Zweiglein dunklen Buchsbaums als Einfassung. Mutter fand es am schönsten. Die arme Unschuldsseele, die!

Marie, die an der Anrichte stand, mußte den Kopf abwenden, als sie Mutter rufen hörte: »Ist es nicht hübsch, Milly? Ist es nicht süß? Äußerst künstlerisch! Und so originell!« Und zu Marie sagte sie: *»C'est très jolie, Marie! Très original!«*
Maries Lächeln war so erstaunlich, daß Milly, die sich gerade eine Tangerine schälte, zu Mutter bemerkte: »Ich glaube, sie mag es nicht, daß du sie bewunderst. Es macht sie verlegen!«
Doch heute – heute hatte Marie eine so ruhmvolle Gelegenheit, daß ihr ganz schwindlig wurde, als sie die Blumenschere ergriff. *Tombeau d'un beau Monsieur*. Es war ihr verboten worden, die Orchideen abzuschneiden, die um den Springbrunnen wuchsen. Doch wofür gab es Orchideen, wenn nicht für solche Anlässe? Ihre Finger zitterten, als die Schere schnipp-schnapp machte. Es waren genug. Marie nahm noch zwei kleine Wedel einer Zwergpalme hinzu. Und im Eßzimmer hatte sie dann den glücklichen Einfall, die Farnwedel mit einem Goldfaden zusammenzubinden, den sie flink aus den Fransen der Eßzimmervorhänge gerissen hatte. Die Wirkung war prächtig! Fast konnte Marie ihn sehen, ihren *beau Monsieur*, wie er sehr klein, sehr klein auf dem Grunde der Glasschale lag, in voller Gala, mit einem Ordensband quer über der Brust, und mit Ohren so weiß wie Wachs.
Was Milly jedoch überraschte, war die Tatsache, daß Miss Anderson dem Kommen Mr. Prodgers irgendwelche Aufmerksamkeit schenkte. Zum Frühstück kam sie in ihrer besten schwarzseidenen Bluse angeraschelt, ihrer Sonntagsbluse, auf der vorne das große, peinlich wirkende Kruzifix baumelte. Milly war allein, als Miss Anderson ins Eßzimmer trat. Das war unangenehm, denn Milly vermied es, mit Miss Anderson allein gelassen zu werden. Weshalb, konnte sie nicht genau sagen – es war einfach ein Gefühl. Sie hatte so ein Gefühl, als könnte Miss Anderson plötzlich etwas über Gott oder etwas anderes, furchtbar Intimes sagen. Oh, sie würde durch den Fußboden sinken, wenn so etwas passieren sollte! Sie würde wie ein Licht verlöschen! Angenommen, sie würde fragen: ›Milly, glauben Sie an unsern Herrgott?‹ O Himmel, es war einfach nicht auszudenken!

»Guten Morgen, meine Liebe!« sagte Miss Anderson, und ihre Finger, kalt und blaß wie Kirchenkerzen, berührten Millys Wangen.
»Guten Morgen, Miss Anderson. Kann ich Ihnen Kaffee einschenken?« fragte Milly und versuchte, ganz natürlich zu wirken.
»Ja, danke, liebes Kind«, sagte Miss Anderson und lachte ihr helles, nervöses Lachen, klemmte sich die Brille auf die Nase und betrachtete den Semmelkorb. »Heute erwarten Sie also Ihren Gast?«
Weshalb fragte sie bloß so etwas? Warum verstellte sie sich, wenn sie es doch ganz genau wußte? Das war auch so ein Beispiel ihres sonderbaren Wesens. Oder tat sie es deshalb, weil sie freundlich sein wollte? Miss Anderson war mehr als freundlich; sie war herzlich. Doch immer war das ›Andere‹ da. Spionierte sie? In der Schule hatten sie sich immer erzählt, daß Katholiken spionieren... Miss Anderson raschelte, sie raschelte wie totes Laub durchs Haus. Bald war sie auf der Treppe, bald auf dem oberen Flur. Manchmal des Nachts, wenn Milly fiebrig erregt war, erwachte sie und hörte das Rascheln vor ihrer Tür draußen. Spähte Miss Anderson durch Millys Schlüsselloch? Und eines Nachts hatte sie tatsächlich die Idee, Miss Anderson habe zwei Löcher in die Wand über ihrem Kopf gebohrt und beobachte sie von dort aus. Das Gefühl war so stark, daß ihre Blicke, als sie das nächstemal in Miss Andersons Zimmer war, zu der Stelle hinflogen. Zu ihrem Schreck hing ein großes Bild dort. War es schon immer dort gewesen?
»Gast?« Die knusprige Frühstückssemmel zerbrach bei dem Wort in zwei Hälften.
»Doch — ja — ich glaube«, antwortete Milly unbestimmt und hob ihre blauen, blumenhaften Augen mit unsicherem Blick zu Miss Anderson auf.
»Das wird eine ziemliche Veränderung für unsre kleine Gruppe ergeben«, sagte die viel-zu-liebenswürdige Stimme. »Ich muß gestehen, daß ich die Gesellschaft von Männern sehr vermisse. Davon hatte ich immer reichlich gehabt in meinem bisherigen Leben. Ich glaube, alleinstehende Damen werden

sehr leicht allmählich etwas ... hm ... hm.« Sie nahm von der Kirschenmarmelade und verkleckerte sie aufs Tischtuch. Milly biß wie ein Kind einen Riesenhappen von ihrer Semmel ab. Sie konnte nichts darauf erwidern. Aber Miss Anderson gelang es irgendwie, daß Milly sich sehr jung vor ihr fühlte: so sehr, daß sie gern unartig gewesen wäre – ihr am liebsten Milch auf den Kopf gegossen oder mit einem Löffel Radau gemacht hätte.

»Alleinstehende Damen«, fuhr Miss Anderson fort, ohne von Millys Gefühlen etwas zu ahnen, »müssen sehr bald entdekken, daß sie einen begrenzten Interessenkreis haben.«

»Warum?« fragte Milly, zu einer Entgegnung aufgestachelt. So etwas sagten die Leute immer – sie fand es äußerst ungerecht.

»Ich glaube«, sagte Miss Anderson, nahm ihre Brille ab und sah ein wenig verschwommen aus, »es kommt von der fehlenden politischen Diskussion.«

»Oh, Politik!« rief Milly hochmütig. »Politik hasse ich! Vater hat immer gesagt...« Aber hier unterbrach sie sich rasch. Über ihren Vater wollte sie nicht mit Miss Anderson sprechen.

»Oh, sehen Sie nur! Sehen Sie nur! Ein Schmetterling!« rief Miss Anderson leise und hastig. »Nein, was für ein Süßer!« Beim Anblick des süßen Schmetterlings, der so leise über den glitzernden Tisch flatterte, stieg ihr allmählich die Röte in die Wangen.

Das war sehr nett von Miss Anderson gewesen – furchtbar nett von ihr! Sie mußte wohl begriffen haben, daß Milly nicht über ihren Vater sprechen wollte, und deshalb hatte sie mit voller Absicht vom Schmetterling gesprochen. Noch nie hatte Milly Miss Anderson mit einem solchen Lächeln beschenkt wie eben jetzt. Und mit ihrer warmen, jungen Stimme sagte sie: »Er ist ein Schatz, nicht wahr? Ich liebe Schmetterlinge! Ich finde, es sind wonnige Schäfchen!«

III.

Der Morgen verflog schnell, wie es Vormittage im Ausland so an sich haben. Mutter war halb entschlossen, beim Mittagessen ihren Hut aufzusetzen.

»Was meinst du, Milly? Findest du nicht, als Oberhaupt der Familie wäre es angemessen? Und andrerseits möchte man keineswegs irgend etwas übertreiben!«

»Welchen meinst du, Mutter? Deinen Pilz oder deinen Mustopf?«

»O nein, nicht den Mustopf, Kindchen!« Mutter hatte sich völlig an Millys Namen für ihre Hüte gewöhnt. »In einem Hut ohne Krempe fühle ich mich nicht ganz zu Hause. Und ich muß dir gestehen, daß ich noch nicht überzeugt bin, ob es weise von mir war, den Mustopf zu kaufen. Ich kann den Gedanken nicht loswerden, daß Vater, wenn ich ihm mit dem Hut gegenüberträte, ein wenig zu erstaunt wäre. In der letzten Zeit«, fuhr Mutter rasch fort, »habe ich mehr als einmal daran gedacht, die Garnitur abzunehmen, ihn umzudrehen und ein hübsches kleines Arbeitskörbchen daraus zu machen. Was meinst du dazu, Kindchen? Aber das brauchen wir ja nicht jetzt zu besprechen, Milly. Es ist nicht der gegebene Moment für solche Pläne. Komm auf die Terrasse! Ich habe Marie gesagt, daß wir den Kaffee dort nehmen werden. Wie wäre es, wenn wir den großen Stuhl mit den hübschen, starken Beinen hier für Mr. Prodger aufstellen? Männer bevorzugen hübsche, starke ... Nein, du doch nicht, Liebes! Laß mich dir helfen!«

Als der Stuhl hinausgetragen worden war, fand Milly, daß er genau wie Mr. Prodger aussähe. Ja, er *war* tatsächlich Mr. Prodger, der die Aussicht bewunderte!

»Nein, setz dich nicht drauf! Das geht nicht!« rief sie hastig, als Mutter hineinsinken wollte. Sie hakte sich bei ihrer Mutter ein und zog sie wieder in den Salon.

Glücklicherweise raschelte es in diesem Moment, und Miss Anderson bestürmte sie. Gerade im rechten Zeitpunkt – ausnahmsweise. Sie hatte eine Nummer der *Morning Post* in der Hand.

»Ich habe mich bemüht, hier herauszufinden«, sagte sie und tippte mit ihrer Brille leicht auf die Zeitung, »ob gegenwärtig der Kongreß tagt! Doch leider fiel mein Blick, nachdem ich diese Nummer von A bis Z durchgelesen hatte, zufällig auf das Datum, und ich entdeckte, daß sie fünf Wochen alt ist!«

Der Kongreß! Erwartete Mr. Prodger etwa von ihnen, daß sie über den Kongreß sprachen? Der Gedanke jagte Mutter einen entsetzlichen Schreck ein. Das amerikanische Parlament setzte sich natürlich aus Senatoren zusammen – graubärtigen alten Herren in Gehrock und Klappkragen, ungefähr wie Missionare. Aber sie fühlte sich durchaus nicht zuständig, über sie zu diskutieren.

»Ich glaube, wir sollten lieber nicht allzu intellektuell werden«, schlug sie schüchtern vor, weil sie Miss Anderson zu enttäuschen fürchtete, doch noch mehr fürchtete sie die andere Möglichkeit.

»Immerhin – man ist gerne im Bilde«, sagte Miss Anderson. Und nach einer Pause fügte sie leise hinzu: »Man weiß ja nie.«

Oh, wie zutreffend das war! Man wußte ja nie. Mutter und Miss Anderson schienen beide über diese Wahrheit nachzusinnen. Sie saßen schweigend und mit gesenktem Kopf da, als lauschten sie dem Nachhall dieser Worte.

›Man weiß ja nie‹, sagten die rotgetupften Drachen auf dem Kaminsims, und die Türkenköpfe sannen nach. Nichts weiß man – nichts. Jeder wartet einfach, daß sich die Dinge ereignen sollen – wie sie jetzt auf den Fremden warteten, der unter den knospenden Platanen durch Sonne und Schatten zu ihnen hinauswanderte oder vielleicht in einer der kleinen Kutschen mit dem Drellverdeck fuhr ... Ein Engel flog über die Villa Martin. In diesem Augenblick verhaltenen Schweigens schien sich etwas Scheues, etwas Flehendes zu erheben und sich darzubieten, wie sich im Salon die Blumen aufrichteten und dem Licht überließen.

Dann sagte Mutter: »Hoffentlich findet Mr. Prodger den Duft der Mimosen nicht zu stark! Im allgemeinen lieben Männer keine Blumen im Salon. Ich habe gehört, daß Blumen in gewissen Fällen sogar Heufieber verursachen. Was meinst du, Milly? Sollten wir vielleicht ...?« Aber es blieb ihnen keine Zeit mehr, etwas zu tun. Ein langes, kräftiges Trillern drang von der Haustür her. So ruhig und beherrscht klang das Trillern, so gänzlich anders als der zaghafte kleine Tupf, mit dem sie selbst auf den Klingelknopf drückten, daß es ihnen im Nu den Ernst der Situation vor Augen führte. Sie hörten eine Männerstimme; die Tür fiel zuschnappend ins Schloß. Er war eingetreten. Ein Stock klapperte auf einen Tisch. Eine Pause entstand, und dann drehte sich die Klinke der Salontür, und Marie – in rüschenbesetzten Musselinmanschetten und einem herzförmigen Schürzchen – geleitete Mr. Prodger in den Salon.

Nun doch bloß Mr. Prodger? Aber wen hatte Milly denn zu sehen erwartet? Ein Gefühl war da und verflog sogleich, daß sie nicht überrascht gewesen wäre, jemand ganz anderen zu sehen. Aber das war, ehe sie merkte, daß der hier nicht ganz derselbe Mr. Prodger wie neulich war. Er war eleganter denn je: gebürstet, gekämmt und aufpoliert. Die Ohren, die sich Marie weiß und wächsern vorgestellt hatte, flammten warm und wie mit rosa Email überzogen. Mutter flatterte ihm auf ihre reizende kleine Art entgegen, hoffte so sehr, daß er die Tageshitze nicht zu unerträglich gefunden habe, um ins Freie zu gehen, doch glücklicherweise war es für den üblichen Staub noch ein wenig zu früh im Jahr. Dann wurde Miss Anderson vorgestellt. Milly war schon auf seine kühle Hand gefaßt, aber sie hätte fast aufgeschrien, so eisig war sie. Sie war wie eine Hand, die einem jemand aus dem Wasser entgegenstreckt. Dann nahmen sie alle Platz.

»Ist das Ihr erster Besuch an der Riviera?« fragte Miss Anderson liebenswürdig und ließ ihr Taschentuch fallen.

»Jawohl«, antwortete Mr. Prodger gesetzt und verschränkte wieder die Arme. »Ich war bis vor kurzem in Florenz, aber ich zog mir eine schwere Erkältung zu ...«

»Florenz ...«, begann Mutter, doch da fing der herrliche Messinggong, der in den Schatten der Halle wie eine abgestürzte Sonne loderte, zu dröhnen an. Zuerst war es nur ein leises Murren, dann schwoll es an, wurde rascher und endete unter Maries mitfühlenden Fingern mit einem triumphierenden Geschmetter. Noch nie waren sie mit einer derartigen Vorführung regaliert worden! Mr. Prodger war die Aufmerksamkeit selbst.

»Das ist ein sehr schöner Gong!« bemerkte er anerkennend.

»Wir finden, er ist so sehr orientalisch«, sagte Mutter. »Er verleiht unseren bescheidenen kleinen Mahlzeiten ein echt morgenländisches Aroma. Sollen wir . . .«

Ihr Gast stand, sich verneigend, an der Tür.

»So viele Herren und nur eine Dame«, stammelte Mutter verwirrt. »Nein, andersherum wird ein Schuh draus. Ich meine . . . Komm, Milly, komm, liebes Kind!« Und sie führte alle ins Speisezimmer.

Und da waren sie nun. Die kalten, frischen Servietten wurden aus ihrer reizenden Form geschüttelt, und Marie reichte die Omelette herum. Mr. Prodger saß auf Mutters rechter Seite, Milly gegenüber, und Miss Anderson saß mit dem Rücken gegen die hohen Fenster. Aber schließlich – warum sollte die Tatsache, daß sie einen Mann bei sich hatten, einen solchen Unterschied ausmachen? Und doch war es so: es war ein gewaltiger Unterschied! Warum sollten sie sich beim Anblick der großen, geöffneten Hand, die zwischen den Weingläsern herumfuhr, so erregt fühlen? Warum sollte der Klang des lauten, selbstsicheren ›A-hem!‹ sogar das Aussehen des Speisezimmers verändern? Eigentlich war es nicht ihr Lieblingszimmer – es war so überwältigend. Mit einem merkwürdigen Gefühl, preisgegeben zu sein, rückten sie sonst an dem bleichen Tisch unsicher auf ihren Stühlen umher. Sie waren wie jene Sorte demütiger Gäste, die unerwartet in einem Luxushotel auftauchten und Speisen vorgesetzt bekommen, die gerade zur Hand waren, während das richtige Luncheon und die richtigen Gäste überheblich und verachtungsvoll im Hintergrund lauern. Und obwohl es unmöglich war, daß Marie jemals anders als gewandt, flink und schweigsam bediente – was für Schwung beim Bedienen konnte ihr wohl der so gar nicht anregende Anblick von drei allein speisenden Damen geben?

Doch jetzt war alles anders! Marie füllte die Gläser bis zum

Rand, wie um sie für eine wunderbar mutige Tat zu belohnen. Diese schüchternen englischen Damen hatten einen lebendigen Löwen gefangen, einen richtigen, der leicht nach Eau de Cologne duftete und dem aus der Brusttasche ein Taschentuchzipfel, weiß wie eine Schneeflocke, hervorschaute! ›Er ist ihrer würdig‹, dachte Marie, als sie ihre Orchideen und Palmwedel beäugte.
Mr. Prodger berührte mit anerkennenden Fingerspitzen seinen warmen Teller.
»Sie werden es kaum glauben, Mrs. Fawcett«, bemerkte er, zu Mutter gewandt, »aber seit ich die Staaten verlassen habe, ist dies der erste warme Teller, mit dem ich in Berührung komme! Ich hatte schon zu glauben begonnen, daß zwei Dinge in Europa einfach nicht zu haben sind: das eine sind warme Teller, und das andre ist ein Glas kaltes Wasser! Immerhin, man kann ohne das kalte Wasser auskommen, aber ein warmer Teller – das ist schwieriger. Die kalten, feuchten Teller, die ich überall antraf, haben mich so entmutigt, daß ich Cooks Reisebüro erklärte, als sie mir hier ein Zimmer suchten: ›Es ist mir einerlei, in welchem Hotel! Es ist mir gleichgültig, wie hoch die Kosten sind! Aber um Himmels willen besorgen Sie mir ein Hotel, wo ich einen warmen Teller erhalten kann, wenn ich danach läute!‹«
Mutter fand es – obwohl sie äußerlich ganz Mitgefühl war – etwas verwirrend. Sie hatte eine flüchtige Vision von Mr. Prodger, wie er nach warmen Tellern läutete, die ihm allstündlich gebracht wurden.
»Ich habe immer gehört, die amerikanischen Hotels seien so sehr gut eingerichtet«, sagte Miss Anderson. »In allen Zimmern Telefon und sogar Fernschreiber.«
Milly sah im Geist Miss Anderson, wie sie den Fernschreiber ablas.
»Ich würde furchtbar gern nach Amerika gehen!« rief sie, als Marie den Lammbraten hereintrug und vor Mutter hinstellte.
»Ja, an Amerika ist bestimmt nichts auszusetzen«, sagte Mr. Prodger schlicht. »Amerika ist ein großartiges Land. – Was ist das hier? Erbsen? Gut, ein paar werde ich nehmen. Im allge-

meinen esse ich nie Erbsen. Nein, kein Salat, besten Dank! Nicht gleichzeitig mit dem heißen Braten!«
»Aber warum wollen Sie gern nach Amerika gehen?« fragte Miss Anderson, Milly anlächelnd, und beugte sich so heftig vor, daß ihr die Brille auf den Teller fiel und nur um ein Haar der Soße entging.
Weil man gern überall hingehen möchte, wäre die wahre Antwort gewesen. Doch Millys blumenblaue Augen ruhten tiefsinnig auf Miss Anderson, als sie antwortete: »Wegen der Eiscremes! Ich schwärme für Eiscreme!«
»Wirklich?« sagte Mr. Prodger und legte die Gabel hin. Er schien gerührt. »Sie mögen Eiscreme, Miss Fawcett?«
Milly übertrug ihre verzückten Blicke auf Mr. Prodger. Sie bestätigten es ihm.
»Oh«, sagte Mr. Prodger ganz neckisch und begann wieder zu essen, »ich wünschte so sehr, daß Sie sie bekommen! Ich bedaure, daß wir sie nicht per Schiff herspedieren können! Ich bin sehr dafür, daß die Jugend immer genau das bekommt, was sie haben will. Scheint mir irgendwie richtig zu sein!« Der nette Mensch! Ob er noch mehr Braten wollte?
Das Mittagessen verlief so angenehm und so rasch, daß das berühmte Stück Gorgonzola in all seiner Ergiebigkeit und Pracht auf dem Tisch stand, ehe auch nur eine einzige mißliche Pause entstanden war. Es lag eben daran, daß Mr. Prodger, wie es sich herausstellte, äußerst leicht zu unterhalten war und äußerst bereitwillig plauderte. Im allgemeinen mochten Männer nicht auf die Art plaudern, die Mutter für ein Tischgespräch als richtig erachtete. Sie schienen nicht zu begreifen, daß es nicht sehr darauf ankommt, was man sagt; wichtig ist nur, das Gespräch nicht abreißen zu lassen. Seltsam! Selbst die besten Männer hielten sich nicht an diese einfache Regel! Sie weigerten sich einzusehen, daß ein Tischgespräch dasselbe wie ein liebes kleines Baby ist, das ins Zimmer gebracht und herumgereicht wird. Man muß es wiegen und hegen und bewegen, wenn man wünscht, daß es nicht zu lächeln aufhört. Was könnte einfacher sein? Doch sogar Vater ... Mutter schreckte vor Erinnerungen zurück, die nicht so erfreulich waren, wie es Erinnerungen sein sollten.

Trotzdem hoffte sie sehr, daß Vater sah, was für eine geglückte kleine Lunchparty es war. Er liebte es so, Milly glücklich zu sehen, und das Kind sah so fröhlich aus wie seit Wochen nicht. Wie weggewischt war der verträumte Ausdruck, der, obwohl charmant, ihrem Alter nicht angemessen war. Was sie brauchte, war vielleicht nicht so sehr Eastons Sirup, sondern etwas mehr Anregung.
›Ich bin sehr selbstsüchtig gewesen‹, dachte Mutter und gab sich, wie üblich, die Schuld. Sie legte Milly die Hand auf den Arm; sie drückte ihn sanft, als sie sich vom Tisch erhoben. Und Marie hielt für die weiße und für die graue Gestalt die Türe auf, und für Miss Anderson, die kurzsichtig zwinkerte, als suche sie etwas, und für Mr. Prodger, der die Nachhut bildete und stattlich einherschritt – mit der leutseligen Miene eines Monsieur, der gut gespeist hat.

IV.

Jenseits der Terrasse lagen die Gärten, die Palmen und das Meer in flimmernden Glanz getaucht. Nicht ein Blatt rührte sich; die Apfelsinen waren kleine Welten lodernden Lichts. Es tönte von Heupferdchen, die ihr kleines Tambourin klirren ließen, und von Bienen, die herumschwebend summten und ihre Freude vorwegnahmen, ehe sie tief in die warmen, weit offenen Levkojen und Rosen eindrangen.
Auch das Meer ertönte, und es war wie ein Atmen, war wie ein Seufzen.
Ob die kleine Gruppe auf der Terrasse es hörte? Mutters Finger regten sich emsig zwischen schwarzgoldenen Kaffeetassen; Miss Anderson holte den unbequemsten Stuhl aus dem Salon und setzte sich darauf. Mr. Prodger legte seine große Hand auf den gelben Steinsims der Terrasse und bemerkte ernst: »Das Gelände hier könnte nicht heißer sein!«
Mutter sagte: »Wie es heißt, ist die größte Hitze immer um halb drei. Uns ist es auch aufgefallen, daß es dann sehr heiß ist.«
»Ja, dann ist es himmlisch«, murmelte Milly und hielt ihre Hand in die Sonne. »Der reinste Backofen!«

»Sie fürchten die Sonne also nicht?« fragte Mr. Prodger und nahm seinen Kaffee von Mutter in Empfang. »Nein, danke, ich nehme keine Sahne. Nur ein Stück Zucker!« Und er setzte sich und balancierte die kleine, schleppende Tasse auf seinem Knie.

»Nein, ich liebe die Sonne«, antwortete Milly und begann an einem Stück Zucker zu knabbern.

Sechs Jahre danach

— — — — — — — — — — — — — — —

Es war kein Nachmittag, um an Deck zu liegen – im Gegenteil, es war genauso ein Nachmittag, an dem es kein behaglicheres Plätzchen als eine warme Kabine und eine warme Koje gibt. In eine Decke eingepackt, mit einer Wärmflasche und einer brühheißen Tasse Tee, hätte ihr das Wetter überhaupt nichts ausgemacht. Er aber – verabscheute Kabinen und verabscheute es überhaupt, irgendwo länger als nötig im Zimmer zu bleiben. Er war darauf versessen, ›Frischluft zu schnaufen‹, wie er es nannte, besonders, wenn er auf Reisen war. Und das war auch nicht verwunderlich, wenn man in Betracht zog, wieviel Zeit er eingesperrt im Büro zubrachte. Als er daher, kaum waren sie an Bord, von ihr wegstürzte und nach fünf Minuten zurückkehrte und ihr sagte, daß er auf der windgeschützten Seite zwei Liegestühle ergattert habe und der Steward die Wolldecken ausbreite, murmelte ihre Stimme hinter dem hohen Sealkragen hervor: »Fein!« Und weil er sie ansah, lächelte sie mit strahlenden Augen und blinzelte rasch, wie um zu sagen: ›Ja, paßt blendend! Fein!‹ Und sie meinte es auch.

»Dann sollten wir wohl lieber ...«, sagte er, klemmte ihre Hand in seine Ellbogenbeuge und wollte sie dorthin hetzen, wo ihre Liegestühle standen. Doch sie hatte gerade noch Zeit, zu keuchen: »Nicht so schnell, Daddy, bitte!«, als es auch ihm einfiel und er langsamer ging. Sonderbar! Achtundzwanzig Jahre waren sie verheiratet, und noch immer hatte er jedesmal Mühe, seinen Schritt dem ihren anzupassen.

»Du frierst doch nicht?« fragte er und warf einen raschen Seitenblick auf sie. Ihre kleine Nase, die geranienrot aus dem dunklen Pelz schaute, war Antwort genug. Aber sie steckte ihre freie Hand in die Samttasche ihrer Jacke und antwortete fröhlich: »Ich freu' mich auf meine Wolldecke!«

Er drückte sie fester an sich – mit hastigem, nervösem Druck. Natürlich wußte er, daß sie unten in der Kabine sein sollte; er wußte, daß es für sie kein Nachmittag war, um an Deck zu sitzen, in diesen kalten Nebel, ob windgeschützt oder nicht

und ob mit oder ohne Wolldecke. Es war ihm ganz klar, wie widerwärtig es ihr sein mußte, doch im Laufe der Jahre war er zu der Überzeugung gekommen, daß es für sie tatsächlich leichter war, solche Opfer zu bringen, als für ihn. Heute zum Beispiel! Wäre er mit ihr in die Kabine hinuntergegangen, dann hätte er sich die ganze Zeit schlecht gefühlt und es unweigerlich auch gezeigt. Bestimmt hätte sie es gemerkt. Nachdem sie sich aber entschlossen hatte, sich seinen Einfällen zu fügen, genoß sie es sogar – darauf wäre er jede Wette eingegangen! Nicht etwa, weil sie ein schwacher Charakter war – lieber Himmel, Charakter hatte sie mehr als genug! Sondern weil ... Hier brachen seine Gedanken stets ab. Hier verspürten sie gewissermaßen das dringende Bedürfnis nach einer Zigarre. Und mit einem Blick auf die Zigarre kniff er seine schönen blauen Augen zusammen. Logik des Ehelebens, vermutlich ... Trotzdem war er immer schuldbewußt, wenn er solche Opfer von ihr verlangte. Daher der hastige Druck auf ihre Hand. Sein innerstes Wesen fragte ihr innerstes Wesen: ›Du verstehst mich doch, nicht?‹, und ihre fröstelnden Finger antworteten? ›Ja – verstanden!‹
Der Steward – ein netter kleiner Bursche – hatte wirklich alles Menschenmögliche getan, um es ihnen behaglich zu machen. Er hatte ihre Liegestühle in das bißchen vorhandene Wärme gezogen – und abseits von Gerüchen. Sie hoffte sehr, daß er ein entsprechendes Trinkgeld bekäme. Bei solchen Gelegenheiten wie dieser (und ihr Leben war anscheinend voll davon) wünschte sie stets, daß es die Frau wäre, die die Reisekasse verwaltete.
»Vielen Dank, Steward! So ist es wunderbar!«
›Weshalb sahen Stewards immer so schwächlich aus?‹ fragte sie sich, während er ihre Füße einpackte. ›Der arme kleine Bursche sieht aus, als hätte er's auf der Lunge, und doch sollte man meinen ... daß die Seeluft ...‹
Der Knopf der schweinsledernen Geldbörse wurde geöffnet. Der Inhalt wurde ans Licht gekippt. Sie sah Sixpencestücke, Shilling- und Halbkronenstücke.
›Ich würde ihm fünf Shilling geben‹, dachte sie bei sich, ›und ihm sagen, sich ein gutes, nahrhaftes ...‹

Er bekam einen Shilling, tippte an seine Mütze und schien aufrichtig dankbar zu sein.
Na ja, es hätte schlimmer sein können. Es hätten Sixpence sein können. Tatsächlich – sie hatte recht! Denn in diesem Augenblick drehte sich Vater zu ihr um, verstaute die Geldbörse und sagte halb entschuldigend: »Hab' ihm einen Shilling gegeben! Ich finde, das war's wert – du auch?«
»O ja! Und wie!« sagte sie.
Es ist erstaunlich, was für ein Frieden auf einem kleinen Dampfer Einzug hält, sobald das Getümmel des Ablegens vom Hafen vorbei ist. Nach einer Viertelstunde ist einem schon so zumute, als wäre man tagelang auf See gewesen. Etwas Rührendes, fast Kindliches spricht aus der Art, wie die Passagiere sich den neuen Bedingungen fügen. Am frühen Nachmittag gehen sie zu Bett, machen die Augen fest zu und spielen ›Nacht‹, wie kleine Kinder, die den Tisch umkehren und sich mit dem Tischtuch zudecken. Und die paar andern, die an Deck bleiben – anscheinend sind es stets dieselben, abgebrühte Seereisende –, zögern, zünden sich die Pfeife an, treten leiser auf, spähen aufs Meer hinaus und sprechen mit gedämpfter Stimme, während sie ums Deck promenieren. Das langbeinige Mädchen flitzt hinter dem rotbäckigen Jungen her, aber bald sind beide eingefangen; und der alte Matrose, der seine nicht angezündete Laterne schwenkt, geht vorbei und verschwindet ...
Lang ausgestreckt lag er da, die Decke bis zum Kinn hinaufgezogen, und wie sie sah, atmete er tief. Seeluft! Wenn jemand an Seeluft glaubte, dann war er es. Er war völlig überzeugt von ihrer stärkenden Wirkung. Und ihm zufolge kam es vor allem darauf an, sich im Moment, da man an Bord ging, die Lunge damit anzufüllen. Andernfalls holte man sich, gerade weil sie so kräftig war, die schönste Erkältung ...
Sie ließ ein leises Kichern hören, und er drehte sich rasch zu ihr um: »Was ist?«
»Deine Mütze!« sagte sie. »Ich kann mich nicht an dich in einer Mütze gewöhnen. Du siehst wie ein echter Einbrecher aus!«
»Aber was, zum Kuckuck, soll ich denn aufsetzen?« Er zog

die eine graue Augenbraue in die Höhe und rümpfte die Nase. »Außerdem ist es eine sehr gute Mütze! Ein besonders edles Stück ihrer Art. Sie hat ein sehr vornehmes weißes Seidenfutter.« Er schwieg. Dann zitierte er, wie er es schon hundertmal in diesem Stadium getan hatte, den schönen Vers: »Kostbar und rar ihr Juwelenschmuck war.«
Sie aber fand, daß er mit seinem Stolz auf das weißseidene Futter wirklich kindisch war. Am liebsten hätte er die Mütze abgenommen und ihr zum Befühlen gegeben. ›Fühl mal die Qualität!‹ Wie oft schon hatte sie, wenn er das sagte, seinen Mantelstoff, die Manschetten am Hemd, die Krawatte, die Socken und das Taschentuch aus reinem Leinen befühlen müssen!
Sie glitt tiefer in ihre Decken hinein.
Und der kleine Dampfer eilte, leise stampfend, über die graue, endlose, leicht bewegte Wasserfläche unter schrägen Regenschleiern.
Möwen segelten weit draußen – scheinbar träge und teilnahmslos. Bald ließen sie sich auf den Wellen nieder, bald schwangen sie sich in die Regenluft auf und zeichneten sich gegen den blassen Himmel wie die Lichter in einer Perle ab. Sie sahen verfroren und einsam aus. ›Wie einsam wird es sein, wenn wir an ihnen vorbeifahren‹, dachte sie. ›Nichts wird dasein als die Wellen und die Vögel und der niederströmende Regen.‹
Sie blickte durch die rostfleckige Reling, an der dicke Tropfen entlangzitterten, und plötzlich schloß sie die Augen. Es war, als hätte ihr eine warnende innere Stimme gesagt: ›Sieh nicht hin!‹
›Ich tu's auch nicht!‹ beschloß sie. ›Es ist viel zu traurig, viel zu traurig!‹
Doch sofort schlug sie die Augen wieder auf und starrte hinaus. Einsame Vögel, wogendes Wasser, weißlich blasser Himmel – wieso waren sie anders?
Und ihr schien, daß weit draußen, zwischen Himmel und Wasser, eine Wesenheit war; ein sehr Einsamer und Sehnsüchtiger sah sie vorbeifahren und rief, als wollte er sie aufhalten – aber nur ihr allein schrie er zu.

»Mutter!«

»Verlaß mich nicht!« klang es aus dem Schrei. »Vergiß mich nicht! Du weißt, daß du mich vergißt!« Und es war, als dränge das kindliche Weinen aus ihrer eigenen Brust hervor.

»Mein Sohn – mein geliebtes Kind – es ist nicht wahr!«

Scht! Wie war es nur möglich, daß sie hier neben Vater auf dem ruhigen Dampfer lag und gleichzeitig einen schmächtigen kleinen Jungen im Arm hielt – so blaß war er – und ihn beruhigte, da er gerade aus einem furchtbaren Traum erwacht war?

»Ich habe geträumt, ich war in einem Wald – irgendwo sehr weit weg von allen –, und ich habe mich hingelegt, und eine große Brombeerranke reckte sich über mich. Und ich rief und rief nach dir – und du wolltest nicht kommen – du wolltest nicht kommen – darum mußte ich ewig dort liegenbleiben.«

Was für ein schrecklicher Traum! Immer hatte er schreckliche Träume gehabt! Wie oft hatte sie sich schon vor Jahren, als er noch klein war, unter einem Vorwand von ihren Gästen im Eßzimmer oder Wohnzimmer davongestohlen, um an den Fuß der Treppe zu gehen und zu lauschen. ›Mutter!‹ Und wenn er wieder schlief, war sein Traum mit ihr zurück in den Umkreis des Lampenscheins gepilgert und hatte dort wie ein Geist Platz genommen. Und jetzt ...

Viel häufiger – zu jeder Zeit – an allen Orten, wie eben jetzt – konnte sie nie zur Ruhe kommen, war sie niemals auch nur eine Sekunde entspannt, ohne ihn zu hören. Er verlangte nach ihr. ›Ich komme, so schnell ich kann! So schnell ich kann!‹ Aber die dunkle Treppe nimmt kein Ende, und der schlimmste Traum – der ewig gleiche – geht ungetröstet weiter und weiter.

Es ist qualvoll! Wie soll man es ertragen? Doch es ist nicht der Gedanke an ihre Qual, der unerträglich ist – sondern an die seine. Kann man nichts für die Toten tun? Und lange Zeit hatte die Antwort gelautet: Nichts!

... Doch leise und lautlos hatte sich der dunkle Vorhang niedergesenkt. Es kommt nichts mehr. Das Stück ist aus. Aber so kann es doch nicht enden – so jäh? Es muß weitergehen. Nein, es ist kalt, es ist still. Das Warten ist zu nichts nütze. Aber – ist er denn wieder hingegangen? Oder ist er, als der Krieg zu Ende war, für immer nach Hause gekommen? Sicher wird er doch heiraten – später – nach mehreren Jahren. Sicher werde ich mich eines Tages an seine Hochzeit erinnern und an mein erstes Enkelkind – einen schönen, dunkelhaarigen Jungen, geboren am frühen Morgen, einem herrlichen Morgen im Frühling?
›O Mutter, es ist nicht recht, mir solche Gedanken in den Kopf zu setzen! Hör auf, Mutter, hör auf! Ich kann's nicht ertragen. Wenn ich an all das denke, was mir entgangen ist.‹

»Ich kann's nicht ertragen!« Sie haucht die Worte nur, richtet sich auf und stößt die dunkle Decke weg. Es ist kälter denn je, und jetzt senkt sich die Dämmerung nieder, senkt sich wie Asche auf das bleierne Wasser.
Und der kleine Dampfer eilte entschlossener weiter, aufgeregt drängend, als warte am Ende der Reise ...

Daphne

Ich war ein halbes Jahr in Port Willin gewesen, als ich beschloß, eine Ein-Mann-Ausstellung zu veranstalten. Nicht etwa, daß ich besonders scharf darauf war, aber der kleine Field, der Mann mit dem Kino, hatte gerade eine Galerie eröffnet, und er wünschte – bat mich vielmehr –, daß ich den Anfang machte. Er war ein anständiger kleiner Kerl; ich brachte es nicht über mich, abzulehnen. Und außerdem hatte ich zufällig ziemlich viele Sachen, von denen ich glaubte, es wäre ganz lustig, sie jemandem anzudrehen, der dumm genug war, sie zu kaufen. Wegen dieser hochfliegenden Pläne ließ ich also die Karten drucken, die Bilder mit einfachen weißen Rahmen versehen und Gott weiß wieviel Tassen und Untertassen für die Vernissage bestellen.
Was ich in Port Willin machte? Ach, warum eigentlich nicht? Ich geb's zu, es ist ein unmöglicher Ort, aber wenn man ein unberechenbarer Vagabund ist, wie ich einer bin, entdeckt man, daß gerade die unmöglichen Orte etwas an sich haben und einen festhalten. Als ich eintraf, hatte ich die Absicht, eine Woche zu bleiben und nach Fidschi weiterzufahren. Aber ich hatte Empfehlungsschreiben an ein paar Leute, und als ich mich am Tage meiner Ankunft, während wir vor der Hafeneinfahrt warteten, über die Reling lehnte und nichts zu tun hatte, als Ausschau zu halten, war ich ungewöhnlich eingenommen von dem Ort, seiner Lage und seinem Aussehen. Es ist übrigens eine kleine Stadt, hingepflanzt an den Saum eines schönen, tiefen Hafens, der wie ein See wirkt. Dahinter sind zu beiden Seiten die Berge. Die Häuser bestehen aus leichtem Holz – mit einem Anstrich. Sie haben rote Wellblechdächer. Und hohe, dunkle Bäume mit Laubgewölk stehen dicht beieinander und trennen die leichten Bauten, verleihen ihnen Tiefe und Wärme und schaffen eine künstlerische Anordnung, die zu betrachten lohnend ist ... Ach, wir brauchen nicht in Einzelheiten zu gehen. Aber an jenem ersten Morgen hatte es mich gepackt. Und die ersten Tage nach meiner Ankunft, als ich so herumging oder in einer der

großen, schaukelnden, stuckernden Kutschen ausfuhr, war ich von den Leuten ebensosehr eingenommen.
Nicht gerade von allen. Die Männer ließen mich kalt. Ja, ich muß sagen, die Männer in den Kolonien sind nicht die hellsten Exemplare. Doch noch nie bin ich in einer Gegend gewesen, wo der Durchschnitt der weiblichen Schönheit so überragend hoch ist. Man kann nicht umhin, es zu merken, denn das ist eine Eigentümlichkeit von Port Willin, daß sie da eine Unzahl von Teestuben haben, wo die Einwohner Tee in rauhen Mengen absorbieren. Nicht bloß Tee – auch Sandwiches, Sahnekuchen, Eis und Obstsalat mit frischen Ananas. Ab elf Uhr morgens begegnet man Pärchen und Gruppen von jungen Mädchen und jungen verheirateten Frauen, die sich eiligst zu ihrem ersten Tee begeben. Es ist eine regelrechte Elf-Uhr-Veranstaltung. Selbst die Geschäftsleute ließen die Arbeit liegen und gingen in ein Café. Und dasselbe ereignete sich nachmittags. Von vier bis halb sieben waren die Straßen ein bunter Garten. Wobei mir einfällt: es war in den ersten Frühlingstagen, als ich ankam, und die Stadt roch nach feuchter Erde und den ersten Blumen. Tatsächlich, wohin man ging, bekam man eine Nase voll Duft, wie einem im Wald eine Wolke Veilchenduft entgegenweht, und das allein genügte schon, um einen zum Verweilen zu verlocken.
Auch ein Theater war da, ein großes, kahles Gebäude, ganz bepflastert mit roten und blauen Plakaten, die ihm bei dem knallblauen Himmel ein orientalisches Aussehen verliehen, und eine Wandertruppe spielte ›San Toy‹. Ich ging gleich am ersten Abend hin. Innen roch es nach Gas, Leim und verbranntem Papier. Durch die Gänge pfiffen Windstöße, im Orchester bebten die Palmen im Wind, und dann und wann blähte sich der Vorhang, und man sah ein Paar rasch wegeilender großer Füße. Aber was für Frauen! Was für Mädchen in Musselinkleidern mit Samtschärpen und kleinen Mützchen, die mit Schwanenflaum eingefaßt waren! In den Pausen drang reihenweise das Gelächter aus den Logen und dem Ersten Rang. Und ich stand gegen einen Pfeiler gelehnt, der wie aus Hochzeitstortenzuckerguß gemacht schien, und verliebte mich in ganze Reihen gleichzeitig.

Dann überbrachte ich meine Briefe, wurde zum Dinner eingeladen und lernte diese Zauberinnen in ihrem eigenen Heim kennen. Das gab den Ausschlag. Sie waren von einer Art, der ich nie begegnet war: so heiter, so freundlich, so beeindruckt von der Idee, daß man Künstler war! Eigentlich war es so, als fände man sich in den Schulhof einer Mädchenschule mit überaus hübschen Schülerinnen versetzt.
Habe die Tochter des Premiers gemalt, eine dunkle Schönheit, als Hintergrund ein Baum mit langen, glockenartigen Blüten, die weiß wie Wachs waren. Habe ein Mädchen mit Zopf gemalt, die sich in ein weißes Sofa gekuschelt hatte und mit einem hellroten Fächer spielte . . . und eine kleine Blonde in einer schwarzen Jacke mit perlgrauen Handschuhen . . . Habe wie ein Besessener gemalt.
Ich mag Frauen. Im Grunde fühle ich mich bei Frauen sehr viel ungezwungener als bei Männern. Vermutlich, weil ich mich ihnen widme. Mit mir steht es nämlich so: Ich habe immer genug Geld zum Leben gehabt, und als Folge davon brauchte ich mich nie eingehender mit den Leuten einzulassen, als ich wollte. Und ich hatte – auch immer – eine – na ja, so kann man's wohl nennen – eine wahre Leidenschaft fürs Malen. Malen ist bei weitem das Wichtigste in meinem Leben – wie ich es auffasse. Aber: meine Arbeit ist meine eigene Angelegenheit. Es ist das Sonderfach, das, was ich bin. Fremde sind da nicht zugelassen. Ich habe nicht den geringsten Wunsch, andern zu erklären, was für ein Ziel ich verfolge . . . oder andern Leuten zuzuhören. Wenn den Leuten meine Arbeit gefällt, soll's mich freuen. Wenn sie ihnen nicht gefällt, würde ich, falls ich so veranlagt wäre, die Achsel zucken. Es klingt anmaßend; das ist es nicht: ich kenne meine Begrenzungen. Doch die Wahrheit über einen selbst klingt immer anmaßend, wie du zweifellos schon bemerkt hast.
Aber Frauen – ich kann natürlich nur meine persönliche Ansicht äußern –, die Anwesenheit von Frauen und das Innesein von Frauen halte ich für eine unabdingbare Notwendigkeit. Ich weiß, daß man sie für eine störende Ablenkung hält, daß die großen Kanonen sich in ihr Schneckenhaus einschlie-

ßen, um sie sich fernzuhalten. Ich kann nur eins sagen: Arbeit ohne Frauen wäre für mich wie Tanzen ohne Musik oder wie Essen ohne Wein oder wie ein Segelboot ohne Brise. Sie geben mir einfach jenen gewissen — was ist es? Aufschwung ist nicht genug; Inspiration ist viel zuviel. Jenen ... ach, wenn ich's wüßte, was es ist, hätte ich ein größeres Problem als mein eigenes gelöst. Und Probleme liegen mir nicht.

Bei meiner Vernissage hatte ich eine Menschenansammlung erwartet, und die bekam ich denn auch. Aber ich hatte nicht damit gerechnet, daß keine Männer kämen. Es ist eine Sache, einen Malerkollegen zu bitten, einem mit einer Summe in Höhe von fünfzig Guineen unter die Arme zu greifen, eine ganz andre Sache ist es aber, sich zum Esel zu machen, der alles anglotzt. Die Männer von Port Willin hätten ebensogern in die Schaufenster gestarrt. Natürlich, wenn man nach Europa ging, besichtigte man die Bildergalerien, aber außerdem schaute man auch in die Schaufenster. Es handelte sich nicht darum, was man in Europa tat. Dort konnte man eine Woche umherlaufen, ohne erkannt zu werden.

Der kleine Field und ich waren also völlig allein inmitten von all der Schönheit; ihm hat es einen Heidenschrecken eingejagt, aber mir hat's nichts ausgemacht, ich fand es ziemlich lustig, besonders, da die Besucherinnen, ohne zu zaudern, meine Bilder amüsant fanden. Ich bin keineswegs ein durch und durch moderner Maler: Menschen wie Violinen oder Landschaften von Telegraphenpfählen lassen mich kalt. Doch Port Willin bemüht sich immer noch, Rossetti zu schlucken, und ›Die Hoffnung‹ von Watts wird als sehr frei empfunden. Da war es ganz natürlich, daß meine Bilder eine Überraschung für sie waren. Die dicke alte Lady des Bürgermeisters wurde richtig hysterisch. Sie zog mich zu einem Bild hinüber und klopfte mir mit ihrem Fächer auf den Arm.

»Ich wundere mich gar nicht, daß Sie sie gezeichnet haben, wie sie aus dem Kleid schlüpft!« kicherte sie. »Und wie niedergeschlagen sie aussieht! In dem da hätte sich das arme, liebe Kind nie und nimmer hinsetzen können. Es ist viel zu eng! Auf dem Fußboden müßte ein Stück Pear's Seife liegen!« Und, überwältigt von ihrem Witz, plumpste sie auf die klei-

ne Doppelbank, die durch die Mitte des ganzen Raumes lief, und sogar ihr Fächer schien zu lachen.
Und dann gingen zwei Mädchen an uns vorbei. Die eine, die ich kannte, ein großes, blondes Mädchen namens May Pollock, zupfte ihre Begleiterin am Ärmel: »Daphne!« rief sie. »Daphne!« Und die andere wandte sich erst ihr zu, dann uns zu – und lächelte und war geboren, war von dem Augenblick als ein Teil meiner Welt getauft.
»Daphne!« Ihr schnelles, herrliches Lächeln antwortete ...

Am Samstagvormittag war prachtvolles Wetter. Als ich aufwachte und sah, wie die Sonne über den gewachsten Fußboden flutete, war mir wie einem kleinen Jungen zumute, dem man ein Picknick in Aussicht gestellt hat. Ich mußte mich schwer beherrschen, Daphne nicht anzurufen. Ob ihr ebenso zumute war? Es schien ein ganz toller Jux zu sein, daß wir so zusammen losziehen wollten, bloß mit Rucksäcken und unsern Badeanzügen. Ich dachte an andere Wochenenden, an die Vorbereitung, die gefühlsbetonte Spannung, und wie kompliziert es gewesen war, alles zu deichseln. Aber ich konnte nicht wirklich daran denken; ich konnte mich nicht mit ihnen befassen, sie gehörten zu einem andern Leben ...

Es schien mir plötzlich so hirnverbrannt, daß zwei Menschen wie wir so glücklich sein sollten, wie wir waren, und nicht noch viel glücklicher. Hier waren wir beide, allein, meilenfern von allen Leuten, frei wie der Wind, und ineinander verliebt. Ich blickte wieder auf Daphne, auf ihre schmalen Schultern, ihre Kehle, ihren Busen – und aus lauter glühender Liebe dachte ich hitzig: Wäre es also nicht ziemlich widersinnig, sich wie zwei Kinder zu verhalten? Würde sie nicht sogar, allem zum Trotz, was sie gesagt hatte, doch enttäuscht sein, wenn wir uns so verhielten?

Und in einem Riesentempo lief ich weg, nicht, weil ich glaubte, sie würde mir nachlaufen, sondern ich glaubte wirklich, sie könnte mich rufen oder ich könnte mich umdrehen ...

Es war einer von jenen stillen, einlullenden Tagen, wenn das Meer und der Himmel miteinander zu verschmelzen scheinen und wenn es lange dauert, bevor die Feuchtigkeit auf Blättern und Gräsern trocknet. Einer von jenen Tagen, wenn ein starker Geruch vom Meer aufsteigt und die Möwen in einer Reihe auf dem Sand stehen. Der Rauch von unserm Holzfeuer hing in der Luft, und der Rauch aus meiner Pfeife vermischte sich mit ihm. Ich ertappte mich dabei, daß ich an nichts dachte. Ich war unlustig und ärgerlich. Ich konnte die lächerliche Angelegenheit nicht verwinden. Meine *amour-propre* war verletzt, verstehst du?

Der Montagmorgen war grau und verhangen, so ein Morgen, wie er am Meer vorkommt, wenn alles, und ganz besonders das Meer, erschöpft und mürrisch wirkt. Die Flut war sehr hoch gewesen; die Landstraße war naß, und auf dem Strand stand eine lange Reihe kränklich aussehender Möwen...

Als wir an Bord kamen, setzte sie sich auf eine der grünen Bänke, und ich murmelte etwas wegen einer Pfeife und ging rasch weg. Es war unerträglich, daß wir nach dem Vorgefallenen noch zusammen sein mußten. Es war unpassend. Ich wünschte, ich ersehnte nichts weiter als eins: befreit zu werden von diesem stillen, nicht lächelnden und – das war das Schlimmste daran – bemitleidenswerten Geschöpf, das einst meine fidele Daphne gewesen war.

... daraufhin rief ich sie sofort an und fragte, ob ich sie am Abend besuchen dürfe. Ihre Stimme klang ernst, es war nicht dieselbe Stimme, die ich im Gedächtnis hatte, und sie schien zu überlegen. Eine lange Pause entstand, bevor sie sagte: »Ja – das wäre vielleicht am besten.«

»Dann werde ich um halb sieben kommen.«

»Gut.«

Und wir gingen in ein Zimmer voller Blumen und sehr großer Kunstphotographien: Hafen bei Nacht – Ein verhangener Tag – Mondschein auf dem Wasser, und ich weiß noch, daß ich mich fragte, ob sie sie bewundere.

»Warum hast du mir den Brief geschickt?«

»Oh, aber ich mußte es tun«, sagte Daphne. »Mir ist es mit jedem Wort voller Ernst. Ich ließ dich heute abend nur deshalb herkommen, um . . . Nein, ich weiß, ich werde dich enttäuschen. Ich bin klüger als du – trotz all deiner Erfahrung. Es ist mir nicht gegeben, deinen Erwartungen zu entsprechen. Ich bin nicht der Mensch, den du brauchst. Wirklich nicht . . .«

I.

Um die Mittagszeit hörte Ernestine das leise, weit entfernte *tschöff-tschöff*. Sie war mit ihrer Mutter von den Bergen heruntergekommen, um in den Reben zu arbeiten, die dem Hotel gehörten. Es war der Zug aus Italien. Züge waren für Ernestine eine Neuheit; sie waren faszinierend, unvertraut, schrecklich. Wie sahen sie aus, wenn sie sich ihren Weg durchs Tal bahnten und zwischen den Bergen dahinstampften, als könnten selbst die Berge sie nicht aufhalten? Als sie die dunkle, platte Brust der Lokomotive erblickte, so entblößt, so kraftvoll, ihr gewissermaßen entgegengeschleudert, überfiel sie ein Schwächegefühl. Sie hätte in den Boden versinken können. Und doch mußte sie hinschauen. Sie richtete sich also auf, zupfte nicht länger an den blaugrünen Blättern und zerrte nicht länger an den langen, hellgrünen, lockigen Ranken, sondern starrte mit weit aufgerissenen Augen, wie ein Vogel. Die Reben waren sehr hoch. Von Ernestine war nichts zu sehen als ihr schöner junger Busen in einer zugeknöpften blauen Baumwolljacke und ihr schmaler dunkler Kopf, der mit einem verblaßten, kirschroten Tuch bedeckt war.

Tschiff-tschöff-tschöff. Tschiff-tschöff-tschöff machte der Zug. Jetzt erschien wieder eine Strähne weißen Rauchs und verging wieder. Jetzt noch eine – und das Ungeheuer selbst kam in Sicht und hielt, gräßlich schnaufend, vor einem spielzeugkleinen Bahnhof, der nur fünf Minuten entfernt war. Die Schienen liefen am Fuß des Hotelgartens entlang, der hoch oben lag und von einer Steinmauer umgeben war. In den Fels gemeißelte Stufen führten zu den Terrassen, wo die Weinreben angepflanzt waren. Ernestine spähte wie ein bunter Vogel aus den Blättern hervor, sah die furchtbare Lokomotive und dahinter Türen, die aufflogen, und Fremde, die herunterstiegen. Nie würde sie wissen, wer sie waren oder woher sie gekommen waren. Vor einer Sekunde waren sie noch nicht dagewesen – morgen wären sie vielleicht schon wieder fort. Und sie, die selbst wie ein Vogel aussah, erinnerte sich, wie sie zu Hause, im Spätherbst, manchmal fremde Vögel in der Tanne gesehen hatte, die an einem Tag dort und am nächsten Tag verschwunden waren. Woher? Wohin? Sie verspürte einen Schmerz in der Brust. Drinnen waren fest zusammengefaltete Flügel. Warum konnte sie sie nicht ausbreiten und davonfliegen, weit weg?

II.

Aus dem Wagen Erster Klasse stieg die hoch aufgeschossene, dünne Emily und packte die Hand ihres Vaters, dessen schwache Beine in der Luft zu schwanken schienen, als sie nach dem eisernen Trittbrett tasteten. Die noch größere, noch dünnere Edith erschien als nächste: sie trug Vaters leichten Mantel, sein Fernglas mit dem Lederriemen und seinen neuen Bädeker. Der blonde Hotelportier trat vor. War das nicht nett? Er konnte ebensogut Englisch sprechen wie du oder ich. Edith hatte daher überhaupt keine Mühe, ihm zu erklären, daß sie, weil sie morgen mit dem Frühzug weiterführen, nur ihr Handgepäck und die Sachen brauchten, die noch im Abteil waren. War ein Wagen auf dem Bahnhof? Ja, ein Wagen stand bereit. Doch falls sie lieber zu Fuß gehen wollten – es gab einen Privateingang durch den Hotelgarten... Nein, sie wollten nicht zu Fuß gehen.
»Du möchtest doch nicht zu Fuß gehen, nicht wahr, Väterchen?«
»Nein, Edith, ich möchte nicht laufen. Wollt ihr Mädchen gern laufen?«
»Aber nein, Vater! Nicht ohne dich, Väterchen!«
Der blonde Hotelportier führte sie, und sie folgten ihm durch die kleine Gruppe stämmiger Bauern am Bahnhofstor, wo sie im Schatten von Lindenbäumen der Wagen erwartete.
»Hast du schon jemals so ein Riesenpferd gesehen, Edith?« rief Emily. Sie war immer die erste, die ihr Erstaunen äußerte.

»Es ist ein sehr großes Pferd«, sagte Edith etwas nüchterner. »Es ist ein Ackergaul, dem Bau nach, und er hat auf dem Feld gearbeitet. Sieh doch, wie erhitzt er ist!« Edith hatte einen so scharfen Blick. Der große Braune, auf dessen Flanken der Schweiß dunkle Streifen bildete, warf den Kopf auf, und die Schellen an seinem Kummet begannen laut zu scheppern.
»Hü-ho!« warnte der Kutscher, ein junger Bauer, vom hohen Kutschbock herunter.
Vater, der gerade einsteigen wollte, zog etwas erschrocken den Fuß zurück.
»Du glaubst wohl nicht, daß das Pferd mit uns durchbrennen würde, Edith?« stammelte er.
»Aber nein, Väterchen«, beschwatzte ihn Edith. »Das Pferd ist genauso zahm wie du oder ich.« Sie stiegen also ein, alle drei. Und als der Gaul mit munterem Satz anzog, schien das Zucken seiner Ohren den Kutscher überrascht zu fragen: ›Nennst du das eine Fuhre?‹ Der Vater und die Mädchen wogen so gut wie nichts. Sie waren wie drei Knochen, drei Besenstiele, drei Regenschirme, die auf den harten Sitzbänken des Wagens auf und ab hüpften. Es war ein Segen, daß es bis zum Hotel nicht weit war. Vater hätte es keine Minute länger aushalten können, besonders nicht nach einer so langen Reise. Aber auch so war sein Gesicht ganz grün, als Emily ihm herunterhalf und ihn aufrichtete und ein bißchen weiterzog.
»Es hat dich durchgestuckert, nicht wahr, Väterchen?« fragte sie ihn zärtlich.
Aber er lehnte es ab, sich am Arm ins Hotel führen zu lassen. Das würde einen falschen Eindruck erwecken.
»Nein, nein, Emily! Mir fehlt nichts, gar nichts!« sagte Vater, als er ihnen etwas wackelig durch die großen Glastüren in eine Halle folgte, in der es so dämmerig wie in einer Kirche war – und ebenso frostig und menschenleer.
Lieber Himmel! Wie kalt die Halle war! Unmittelbar aus dem Fußboden schien die Kälte sie anzuspringen. Sie klammerte sich an Ediths und Emilys spitze Knie, und sie hüpfte bis zu Vaters flatterndem Herzen hinauf. Einen Augenblick

zögerten sie, traten aufeinander zu und rangen fast nach Luft. Doch dann kam aus dem Büro eine fröhliche junge Person, deren lächelndes Gesicht von Mückenstichen getüpfelt war, auf sie zugelaufen und hieß sie mit so echter Begeisterung willkommen (auch auf englisch), daß der erste frostige Eindruck schnell vergessen war.

»O ja! O ja! Ich kann Ihnen sehr schöne Zimmer im ersten Stock geben, mit Lift. Zwei Zimmer und Bad und ein Ankleidezimmer für den Herrn. Prachtvolle Zimmer mit Sonne, aber nicht zu heiß. Sehr schön. Bis morgen. Ich führe Sie. Bitte sehr! Hier entlang! Hat die Reise Sie sehr ermüdet? Lunch ist um halb eins. Heißes Wasser? O ja, es ist im Badezimmer. Bitte sehr!«

Vater und die Mädchen wurden mit Hilfe von heiterem Lächeln und Winken und Nicken durch einen klosterartigen Gang und in den Lift gezogen, hinein und aufwärts, bis sie eine schwere, dunkle Tür aufstieß und beiseite stand, damit sie eintreten konnten.

»Es ist eine Suite«, erklärte sie. »Mit einem Vorflur und drei Türen.« Sie öffnete sie flink. »Jetzt werde ich nachsehen, ob Ihr Gepäck gekommen ist.«

Und sie ging hinaus.

»Nein, so etwas!« rief Emily.

Edith riß die Augen auf.

Vater reckte seinen dünnen, langen Hals und staunte ebenfalls.

»Hast du je-mals schon so etwas gesehen, Edith?« rief Emily und verhaspelte sich.

Und Edith schlug leise die Hände zusammen. Leise summte sie: »Nein, noch nie, Emily! Noch nie habe ich so etwas gesehen!«

»Scheint mir ein nettes Zimmer zu sein«, stammelte Vater, noch immer stehend. »Möchtet ihr ein anderes haben, Kinder?«

»Ein anderes? Aber Väterchen, es ist das reizendste Zimmer, das wir je gesehen haben, nicht wahr, Emily? Setz dich doch, Väterchen, setz dich in den Sessel!«

Vaters blasse Krallenhände packten samtene Armlehnen. Er

bückte sich und sank mit den hastigen Atemstößen eines alten Mannes in den Sessel.
Edith stand noch immer wie verzaubert an der Tür. Aber Emily lief ans Fenster und lehnte sich – sehr kindlich – weit hinaus...
Lange Zeit – wie lange eigentlich? – waren Vater und die Mädchen unterwegs gewesen. Nizza, Montreux, Biarritz, Neapel, Mentone, Lago Maggiore – das alles hatten sie gesehen und noch viel, viel mehr. Und immer weiter zogen sie, flogen sie, unermüdlich, hielten sich nirgends länger auf. Dabei verhielt es sich wahrheitsgemäß ... oh, lieber nicht nachforschen nach der Wahrheit! Lieber nicht fragen, was es war, das sie weitertrieb. Oder weshalb das einzige Wort, das Vater erschreckte, das Wort Zuhause war.
Zuhause! Herumsitzen, nichts tun, auf das Ticken der Uhr lauschen, die Jahre zählen, an früher denken – denken! An einen Ort festgenagelt sein, als warte man auf etwas oder auf jemand. Nein! Nein! Viel besser war es, sich wie eine Hülse über die Erde wehen zu lassen, wie die welke Hülse, die der Wind mit fortführt und fallen läßt und wieder hochwirbelt.
»Seid ihr fertig, Kinder?«
»Ja, Väterchen!«
»Dann sollten wir lieber aufbrechen, damit wir den Zug erreichen!«
Aber oh, es war so ermüdend, so unsagbar ermüdend! Vater machte kein Geheimnis aus seinem Alter: er war vierundachtzig. Und was Edith und Emily betraf – sah er jetzt wie ihr älterer Bruder aus. Ein uralter Bruder mit zwei sehr alten Schwestern, das war's, was das reizende Zimmer zusammenfassend von ihnen hätte sagen können. Doch die gedämpfte Helle des Zimmers, seine Schönheit, das Flattern der Blätter vor den sahneweißen Fensterrahmen schien nur zu flüstern: ›Bleibt! Ruht euch aus!‹
Edith blickte auf die blassen, grüngetäfelten Wände, auf die Türen mit den grünen Rauten und Quadraten, die golden abgesetzt waren. Verblüfft entdeckte sie, daß der Fußboden in seinem Holzbelag das gleiche Muster hatte, das oben an

der hohen, bemalten Decke wiederkehrte. Doch die Farbe des schimmernden Fußbodens war wundervoll: er war dunkel wie Schildpatt. In einer Ecke stand milchweiß und blau ein riesiger Kippofen. Das niedrige Holzbett mt seiner gelbseidenen Steppdecke hatte an den Bettpfosten geschnitzte Korngarben. Der phantastischen, müden Edith schien es – das Bett – tatsächlich leise zu atmen, sanft und ruhig zu atmen. Draußen vor den schmalen, tiefliegenden Fenstern hinter den grünen Ranken konnte sie eine winzig kleine Landschaft sehen, die wie ein Juwel in der Sommerhitze leuchtete.

›Bleibt! Ruht euch aus!‹ War es das Geräusch der Blätter draußen? Nein, es war die Luft; es war das Zimmer, das so heiter und scheu wisperte. Edith war es so sonderbar zumute, daß sie nicht länger schweigen konnte.

»Das ist ein sehr altes Zimmer, Emily«, zwitscherte sie leise. »Ich weiß, was es ist. Dieses Hotel ist nicht immer ein Hotel gewesen. Es war einmal ein altes Schloß. Davon bin ich so überzeugt, wie ich hier stehe.« Vielleicht wollte sie sich selbst überzeugen, daß sie stand? »Hast du den Ofen gesehen?« Sie trat an den Ofen heran.

»Da sind Jahreszahlen! Emily«, murmelte sie leise, »da steht 1623!«

»Ist das nicht wundervoll?« rief Emily.

Sogar Vater war erschüttert.

»1623? Fast dreihundert Jahre alt!« Und plötzlich stieß er trotz seiner Übermüdung ein dünnes, hohles Greisengekicher aus. »Da kommt man sich wie ein junges Küken vor, nicht wahr?« sagte Vater.

Emily ließ als Antwort ein atemloses kleines Lachen hören, und auch das war heiter.

»Ich muß nachsehen, was hinter der Tür ist!« rief sie. Und halb rennend lief sie zur Tür in der Mitte der Wand und hob die zierliche Eisenklinke. Die Tür führte in ein größeres Zimmer, in Ediths und Emilys Schlafzimmer. Aber Wände und Fußboden waren ebenso, und dort waren ja auch dieselben tiefliegenden Fenster. Nur standen zwei Betten nebeneinander – statt des einen –, mit blauseidenen Steppdecken – statt der gelben. Und was für eine herrliche alte Truhe war dort zwischen den Fenstern!

»Oh«, rief Emily hingerissen. »Es ist alles einfach unsagbar echt historisch, Edith! Mir wird dabei so ...« Sie verstummte und blickte Edith an, die ihr gefolgt war und deren dünner Schatten auf den sonnenwarmen Fußboden fiel. »... sonderbar!« sagte Emily und versuchte, in das eine Wort alles hineinzulegen, was sie empfand. »Ich weiß nicht, was es ist.« Vielleicht hätte Edith, die Erforscherin, es ihr erklären können, wenn ihr Zeit geblieben wäre. Aber es klopfte an die Außentür; es war der Junge mit dem Gepäck. Und während er ihre Koffer hereinbrachte, ertönte von unten das Läuten der Lunchglocke. Sie durften Väterchen nicht warten lassen. Sobald eine Glocke geläutet hatte, wollte er unbedingt gleich gehen. Ohne daher einen Blick in den Spiegel zu werfen – sie hatten ein Alter erreicht, wo es ebenso natürlich ist, einem Spiegel auszuweichen, wie es für junge Menschen natürlich ist, hineinzuschauen –, waren Edith und Emily bereit.

»Seid ihr fertig, Kinder?«

»Ja, Väterchen!«

Und nun machten sie sich auf den Weg, nach links, nach rechts, eine Steintreppe mit einem breiten, abgegriffenen Geländer hinunter, wieder nach links, rein instinktiv sich zurechtfindend, Edith voran, dann Vater, und Emily dicht dahinter.

Aber als sie in die *salle-à-manger* traten, die ihnen so groß wie ein Ballsaal erschien, war noch niemand da. Alles war heiter, alles glitzerte, die hohen französischen Fenster öffneten sich auf den grüngoldenen Garten, und vor ihnen dehnte sich die *salle-à-manger*. Und die fünfzig kleinen Tische mit den fünfzig kleinen Dahlientöpfen sahen aus, als wollten sie gleich zu tanzen anfangen ...

Alles heiter!

— — — — — — — — — — — — — — —

I.

Beim Frühstück waren sie an jenem Morgen in wunderbar guter Stimmung. Wem war es zu verdanken – ihm oder ihr? Es stimmte, daß sie Wert darauf legte, morgens am besten auszusehen. Sie hielt es für ihre Pflicht ihm gegenüber – sogar ihrer Liebe zuliebe –, zur Frühstücksstunde reizende kleine Häubchen, lustige kleine Jäckchen und bunte Pantöffelchen zu tragen und darauf zu achten, daß der Tisch so *perfekt* war, wie er und sie – ein anspruchsvolles Pärchen – dieses Wort auffaßten. Doch auch er – so frisch, gut gepflegt und zufrieden – trug sein Teil dazu bei ... Sie war als erste unten gewesen und saß auf ihrem Platz, als er hereinkam. Er beugte sich über ihre Stuhllehne, legte die Hände auf ihre Schultern, bückte sich, rieb leise seine Wange an der ihren und murmelte sanft, aber mit gerade genügend Besitzerstolz, um ihr vor Entzücken die Röte ins Gesicht zu treiben: »Schenk mir Tee ein, mein Schatz!« Und sie hob die Teekanne auf, die als Deckelknopf eine silberne Birne hatte, und schenkte ihm Tee ein.

»Danke! ... Heute siehst du phantastisch gut aus, weißt du das?«

»Wirklich?«

»Ja! Mach das noch mal! Sieh mich noch mal so an! Ja – deine Augen sind's! Wie bei einem Kind! Noch nie habe ich jemand gesehen, der so strahlende Augen wie du hat!«

»O Schatz!« Sie seufzte vor Freude. »Wie ich das liebe, wenn man mir schöne Dinge sagt!«

»Ja – du verwöhntes Kind! Soll ich dir etwas von dem hier geben?«

»Nein, danke ... Ach, Liebster!« Ihre Hand flog über den Tisch und umklammerte seine Hand.

»Ja?«

Doch sie sagte nichts, nur noch einmal ›Liebster!‹ Sein Gesicht zeigte den Ausdruck, den sie so liebte – eine Art liebevoller Neckerei. Er tat so, als wüßte er nicht, was sie meinte, aber natürlich wußte er es. Er tat so, als dächte er: ›Da sitzt sie – typisch Frau – ganz erpicht auf eine leidenschaftliche Liebesszene, und das um neun Uhr morgens am Frühstückstisch!‹ Doch sie ließ sich nicht täuschen. Sie wußte, daß er genauso empfand wie sie. Das nachsichtige Spötteln, die geheuchelte Verzweiflung gehörten einfach zu den Eigenheiten der Männer – weiter nichts.

»Bitte, darf ich das Messer vielleicht *benutzen* – oder soll ich es hinlegen?«

Nein, wirklich! Mona hatte sich noch immer nicht an sein Lächeln gewöhnt. Seit drei Jahren waren sie verheiratet. Sie war aus unzähligen Gründen in ihn verliebt, aber abgesehen von denen hatte sie noch einen ganz besonderen, geheimen Grund – und das war sein Lächeln. Wenn es sich nicht so verrückt angehört hätte, würde sie behauptet haben, daß sie sich auf den ersten Blick restlos in ihn verliebt hätte, als er lächelte. Auch andere Leute waren für diesen Charme empfänglich. Andere Frauen, davon war sie überzeugt. Manchmal glaubte sie, daß sogar die Dienstboten darauf warteten ...

»Vergiß nicht, daß wir heute abend ins Theater gehen!«

»O verflixt! Ich hatte es vergessen! Es ist eine Ewigkeit her, seit wir in eine Vorstellung gingen!«

»Ja, nicht wahr? Ich bin ganz aufgeregt!«

»Findest du nicht, daß wir aus dem Abendessen eine winzig kleine Feier machen sollten?« (›Winzig klein‹ war einer *ihrer* Ausdrücke – aber es klang so süß, wenn er es sagte!)

»Ja, fein! Meinst du, mit Champagner?« Ihr Blick verlor sich in der Ferne, und mit verträumter Stimme sagte sie: »Dann muß ich den Nachtisch ändern.«

In diesem Augenblick kam das Mädchen mit den Briefen. Vier waren für ihn, drei für sie. Nein, einer von den dreien gehörte auch noch ihm – ein ziemlich verschmutzter kleiner Umschlag mit einem Klecks Siegellack auf der Rückseite.

»Warum bekommst du denn alle Briefe?« klagte sie und reichte ihn hinüber. »Es ist furchtbar ungerecht – ich mag Briefe so sehr, und nie bekomme ich welche!«

»Also das ist doch unerhört!« sagte er. »Du wagst es also, dazusitzen und so greuliche Lügenmärchen aufzutischen! Daß ich am frühen Morgen einen Brief bekomme, ist so gut wie nie dagewesen! Immer bekommst du so geheimnisvolle Episteln von Mädchen, mit denen du im College warst, oder von verblühten Tanten. Komm, nimm die Hälfte von meiner Birne – sie ist köstlich!« Sie hielt ihm den Teller hin.
Die Rutherfords lasen nie die Briefe ihres Ehepartners. Daß sie es so machen sollten, war ihr Vorschlag gewesen. Zuerst hatte er sich heftig gesträubt. Sie mußte schrecklich lachen: er hatte ihre Gründe so gänzlich mißverstanden.
»Lieber Himmel, Schatz! Du darfst selbstverständlich jeden meiner Briefe öffnen, den mir die Post bringt – und auch jeden meiner Briefe lesen, der herumliegt. Ich glaube, ich kann dir versprechen ...«
»Aber nein, nein, Liebster! Das meine ich ja gar nicht! Ich verdächtige dich doch nicht!« Sie hatte sein Gesicht in die Hände genommen und ihn rasch geküßt. Er sah wie ein beleidigter Schuljunge aus. »Aber so viele von Mutters alten Bekannten schreiben mir und vertrauen mir Dinge an, verstehst du, die sie nicht um die Welt einem Mann erzählen würden! Deshalb finde ich, ihnen gegenüber wäre es nicht fair. Begreifst du es jetzt?«
Er gab schließlich nach. »Ich bin eben altmodisch«, sagte er; sein Lächeln war jedoch etwas wehmütig. »Mir macht es Freude, wenn meine Frau meine Briefe liest!«
»O du Goldschatz! Ich habe dich traurig gemacht!« Sie war so zerknirscht – sie wußte selbst nicht recht, warum eigentlich. »Natürlich will ich liebend gern deine Briefe ...«
»Nein, nein! Ist schon gut! Es ist abgemacht! Wir halten uns an das Versprechen.« Und sie hatten sich daran gehalten.
Er schlitzte den verschmutzten Umschlag auf. Er begann zu lesen. »Verdammt!« sagte er und ließ die Unterlippe hängen.
»Was ist denn? Was Greuliches?«
»Nein – etwas Ärgerliches. Ich werde mich heute abend verspäten. Ein Mann will mich heute abend im Büro aufsuchen.«
»War das ein Geschäftsbrief?« Sie sprach erstaunt.

»Ja, warum?«
»Er sah so furchtbar unsachlich aus. Mit dem Siegellack und der komischen Schrift – eher die einer Frau als eines Mannes.«
Er lachte. Er faltete den Brief zusammen, steckte ihn in die Tasche und nahm den Umschlag in die Hand. »Ja«, sagte er, »die Schrift ist eigenartig, nicht wahr? Ich hätte es nicht bemerkt. Was für einen raschen Blick du hast! Es sieht tatsächlich wie eine Frauenhandschrift aus. Das große R zum Beispiel ...« Er warf den Umschlag zu ihr hinüber.
»Und der Schnörkel unten drunter! Ich würde sagen: eine ziemlich ungebildete Frau.«
»Er ist aber von einem Bergwerksingenieur«, sagte Hugh. Er stand auf, begann sich zu recken und hielt inne. »Ach, was für ein herrlicher Morgen! Warum muß ich ins Büro gehen, statt zu Hause zu bleiben und mit dir zu tändeln!« Und er ging zu ihr und verschränkte seine Arme hinter ihrem Nacken. »Erkläre mir das mal, kleine Allerschönste!«
»Oh, ich wünschte, du könntest es!« Sie schmiegte sich an ihn. »Für Menschen wie dich und mich ist das Leben schlecht eingerichtet. Und nun wirst du dich heute abend verspäten!«
»Macht nichts«, sagte er. »Alle übrigen Stunden gehören uns! Jede einzelne. Wenn wir vom Theater zurückkommen, finden wir keinesfalls ...«
»... unsern Eingang von Bergwerksingenieuren wimmelnd!« Sie lachte. Ob sich andere Leute – konnten sich andere Leute – war es möglich, daß sich jemals vorher andere Leute so geliebt hatten, wie sie sich liebten? Sie drückte ihren Kopf fest an seine Brust; sie hörte seine Uhr ticken – die geliebte Uhr!
»Was sind das für violette Blumen in meinem Schlafzimmer?« murmelte er.
»Petunien.«
»Du duftest genauso wie die Petunien.«
Er hob ihren Kopf. Sie preßte sich an ihn. »Küß mich!« sagte er.

II.

Es war ihre Gewohnheit, auf der untersten Treppenstufe zu sitzen und zuzuschauen, wie er sich für den Weg ins Büro fertigmachte. Merkwürdig, daß es so interessant war, zu beobachten, wie jemand seinen Hut bürstete, ein Paar Handschuhe auswählte und einen letzten prüfenden Blick in den runden Spiegel warf. Doch es war dasselbe, wenn er sich rasierte. Dann liebte sie es, mit angezogenen Beinen auf der kleinen harten Couch in seinem Ankleidezimmer zu kauern; sie war ebenso vertieft, ebenso gespannt wie er. Wie phantastisch er mit seinen dunklen Brauen, den schmelzenden Augen und dem Tupf frischer Röte auf den Backenknochen oberhalb vom Rasierschaum aussah – wie ein Pierrot, wie eine Maske! Doch das war es nicht, was sie am stärksten empfand. Nein, es war das, was sie auf der Treppe dachte: ›Das ist also mein Gatte, das ist der Mann, den ich geheiratet habe, das ist der Fremde, der an jenem Nachmittag über den Rasen gegangen kam und seinen Tennisschläger schwenkte, sich verbeugte und seine Hemdsärmel heraufkrempelte. Das ist nicht nur mein Geliebter und mein Gatte, sondern auch mein Bruder, mein liebster Freund, mein Spielkamerad, ja manchmal sogar eine Art ganz idealer Vater! Und hier wohnen wir. Hier ist sein Zimmer, und hier ist unser Flur.‹ Sie schien ihn und ihr Haus ihrem zweiten Selbst vorzustellen – dem Selbst, das sie gewesen war, ehe sie ihn kennengelernt hatte.

Voll tiefer Bewunderung, fast erschrocken ob soviel Glücks, schaute das andere Selbst zu.

»Geht es so?« Er stand lächelnd da und strich seine Handschuhe glatt. Aber obwohl er es nicht mochte, wenn sie aussprach, was sie über sein Aussehen dachte, glaubte sie ihn an diesem Morgen bei ein ganz klein wenig jungenhafter Aufspielerei zu ertappen. So sehen Kinder, die sich bewundert wissen, ihre Mutter an.

»Ja, du bist passabel!« Vielleicht war sie in diesem Moment so stolz wie eine Mutter; sie hätte ihm einen Segenswunsch nachrufen können, als er seiner Wege ging. Statt dessen stand

sie im Eingang und dachte: ›Da geht er. Der Mann, den ich geheiratet habe. Der Fremde, der über den Rasen kam.‹ Diese Tatsache hörte nie auf, ein Wunder zu sein ...
Sie hörte nie auf, ein Wunder zu sein, nie! Sie war sogar, falls überhaupt möglich, noch wundervoller, und der Grund ...
Mona lief ins Haus zurück, in den Salon, und setzte sich ans Klavier. Ach, warum sich über Gründe den Kopf zerbrechen ... Sie begann zu singen:

»Sieh, Schatz, ich bring dir Blumen,
um deinen Schmerz zu lindern.«

Aber Freude, atemlose und jubelnde Freude bebte in ihrer Stimme, und beim Wort ›Schmerz‹ öffneten sich ihre Lippen in einem so glücklichen, so furchtbar mitleidlosen Lächeln, daß sie ganz beschämt war. Sie hörte auf zu spielen, kreiselte auf dem Klavierschemel herum und schaute ins Zimmer. Wie anders es am Vormittag aussah, wie streng und zurückhaltend! Die grauen Sessel mit den fuchsienroten Kissen, der schwarzgoldene Teppich und die leuchtend grünen Seidengardinen hätten jedermann gehören können. Es war wie eine Bühnenausstattung, wenn der Vorhang noch unten ist. Sie hatte kein Recht, dort zu sein, und als sie das dachte, wehte sie ein sonderbares kleines Frösteln an; es schien so erstaunlich, daß alles, sogar ein Sessel, sich von ihr abwenden und nicht empfänglich für ihr Glück sein sollte.
›Am Vormittag mag ich den Salon einfach nicht, ich mag ihn gar nicht‹, entschied sie und lief nach oben, um sich fertig anzukleiden. Lief in ihr großes, schattiges Schlafzimmer ... und neigte sich über die Petuniensterne ...

Ein schlimmer Einfall

Mir ist was passiert – was Schlimmes! Und ich weiß nicht, was ich dagegen tun kann. Ich sehe keinen Ausweg – beim besten Willen nicht. Und das schlimmste ist – ich kann der Sache nicht richtig ins Auge blicken, wenn du weißt, was ich meine. Ich stecke einfach in einem Wirrwarr, in einem verteufelten Wirrwarr. Es sollte jedermann klar sein, daß ich nicht der Mann bin, der in eine solche Sache verwickelt wird. Ich bin nicht einer von diesen Schauspielerheinis oder ein Bursche aus einem Buch. Ich bin – also bis gestern habe ich noch sehr gut gewußt, wer ich bin. Doch jetzt – fühle ich mich hilflos, ja das ist das richtige Wort – hilflos! Hier sitze ich am Meer und schnelle Steinchen übers Wasser, wie ein Kind, das seine Mutter verloren hat, und alle andern sind schon seit Stunden nach Hause gegangen, und die Teezeit ist längst vorbei, und es wird allmählich Zeit, die Lampe anzuzünden ... Früher oder später werde auch ich wohl nach Hause gehen müssen. Das sehe ich natürlich ein. Und im Grunde – kannst du's wohl glauben –, im Grunde wünschte ich in diesem Augenblick, ich wäre dort – trotz allem. Was macht sie? Meine Frau, meine ich. Hat sie abgeräumt oder ist sie sitzen geblieben und starrt auf den Tisch mit den zurückgeschobenen Tellern? Mein Gott! Wenn ich mir das vorstelle, könnte ich wie ein Hund heulen – wenn du weißt, was ich meine ...

Ich hätte heute früh begreifen sollen, daß alles ›raus‹ ist – heute früh, als sie nicht zum Frühstück runterkam. Hab's auch irgendwie geahnt. Aber ich wollt's nicht wahrhaben. Ich dachte bei mir, wenn ich nichts Besonderes sage und es einfach für einen ihrer üblen Kopfwehtage halte und ins Büro gehe, dann würde die ganze Geschichte, bis ich heute abend zurückkomme, irgendwie verraucht sein. Nein, so war es auch nicht. Ich hab' mich ein bißchen hilflos gefühlt, so wie jetzt. Was sollte ich tun? Einfach weitermachen – das war alles, was mir einfiel. Deshalb brachte ich ihr – wie üblich an ihren Kopfwehtagen – eine Tasse Tee und ein paar dün-

ne, gebutterte Brotschnitten hinauf. Der Store war noch unten. Sie lag auf dem Rücken. Ich glaube, sie hatte ein feuchtes Taschentuch auf der Stirn. Ich bin nicht ganz sicher, denn ich konnte sie nicht anschauen. Es war ein scheußliches Gefühl. Und sie sagte mit matter Stimme: »Stell bitte den Becher auf den Tisch, ja?« Hab' ihn hingestellt. Hab' sie gefragt: »Kann ich irgendwas tun?« Und sie hat gesagt: »Nein. In einer halben Stunde geht's mir wieder ordentlich.« Aber ihre Stimme, sag' ich dir! Die hat mich erledigt! Ich verzog mich, so schnell ich konnte, riß Hut und Stock von der Garderobe und sauste zur Straßenbahn.
Und nun kommt was Merkwürdiges – du brauchst es nicht zu glauben, wenn du nicht willst. Aber im Augenblick, als ich aus dem Haus war, hatte ich das mit meiner Frau vergessen. Es war ein herrlicher Morgen, milde, und die Sonne zauberte kleine Silberentchen aufs Meer. So ein Morgen, wo man weiß, es wird den ganzen Tag warm und schön bleiben. Sogar die Klingel an der Straßenbahn tönte anders, und die kleinen Schulkinder, die sich zwischen die Knie von Erwachsenen zwängten, hatten Blumensträuße in der Hand. Ich weiß auch nicht – ich kann nicht verstehen, weshalb –, ich war einfach glücklich, aber glücklich auf eine Art, wie ich's noch nie gewesen war, glücklich, um die Sterne vom Himmel zu holen. Der Wind, der in der Nacht so heftig geblasen hatte, wehte noch immer ein bißchen. Mir war, als ob sie mich berühre – sie – die andre. Ja, so war's mir. Es kam mir alles wieder in den Sinn, jede Einzelheit. Wenn ich dir erzählte, wie es mich gepackt hatte, würdest du sagen, ich sei verrückt. Ich war so unbekümmert – es war mir gleich, ob ich zu spät ins Büro käme oder nicht, und ich wollte jedermann einen Gefallen tun. Ich hab' den kleinen Kindern aus der Straßenbahn geholfen. Ein kleiner Bursche ließ seine Mütze fallen, und als ich sie ihm aufhob und sagte: »Da, Sonny!« – na, ich hätt' beinah einen Narren aus mir gemacht.
Im Büro war's ebenso. Mir schien, als hätt' ich die Burschen im Büro noch gar nicht richtig gekannt. Als der alte Fisher an meinen Schreibtisch kam und ein paar riesengroße Wikken hinlegte – mit seinem üblichen: ›Mach's besser, mein

Junge, wenn du kannst!‹ –, war ich gar nicht verärgert. Es war mir gleichgültig, daß er fast platzte vor Einbildung auf seinen Garten.
Ich warf nur einen Blick drauf und sagte ruhig: »Ja, diesmal hast du den Vogel abgeschossen!« Er wußte nicht, wie er das auffassen sollte. Kam in zehn Minuten noch mal an und fragte, ob ich Kopfschmerzen hätte.
Und so ging's den ganzen Tag weiter. Am Abend bin ich mit der heimkehrenden Menschenmenge nach Hause geeilt, hab' die Gartentür aufgestoßen, sah die Flurtür wie immer offenstehen und hab' mich auf den kleinen Stuhl gleich hinter der Tür gesetzt, um meine Stiefel auszuziehen. Meine Pantoffeln standen natürlich da. Das schien mir ein gutes Zeichen zu sein. Ich stellte meine Stiefel in das Fach im Schuhschrank unter der Treppe, zog meine Bürojacke aus und ging in die Küche. Ich wußte, daß meine Frau dort war. Wart ein bißchen! Das einzige, was mir nicht glückte, war mein üblicher Pfiff: ›Oft lieg' ich morgens wach und denk': wie gräßlich doch die Arbeit ist!‹ Hab' einen Anlauf genommen, aber es wurde nichts draus. Ich stieß also die Küchentür auf und rief: »Hallo, wie geht's, wie steht's?« Aber sowie ich das gesagt hatte – sogar schon vorher –, hab' ich gewußt, daß das Schlimmste passiert war. Sie stand am Tisch und mischte die Salatsoße. Und als ich aufsah und gewissermaßen lächelte und »Hallo!« sagte, hättest du mich umpusten können. Meine Frau sah schrecklich aus – ein anderes Wort gibt's nicht dafür. Sie mußte den ganzen Tag geweint haben! Sie hat sich ein bißchen von dem weißen Puderzeugs ins Gesicht getan, um die Spuren zu verdecken – aber dadurch sah sie bloß noch schlimmer aus. Sie muß gesehen haben, daß ich was merkte, denn sie nahm den Sahnebecher und goß etwas in die Salatschüssel – wie sie's immer macht, verstehst du, so flink, so ordentlich, auf ihre Art – und begann wieder zu rühren. Ich hab' gefragt: »Ist dein Kopf besser?« Aber sie hörte es anscheinend nicht. Sie hat gefragt: »Willst du den Garten vor oder nach dem Abendessen sprengen?« Was konnte ich groß sagen? Hab' »Nachher!« gesagt und bin ins Eßzimmer gegangen, hab' die Abendzeitung aufgeschlagen

und am offenen Fenster gesessen – na ja, hinter der Zeitung versteckt, wahrscheinlich.
Ich werd's nie vergessen, wie ich da gesessen habe! Leute gingen vorbei, gingen die Straße entlang, es klang so friedlich. Und ein Mann kam mit ein paar Kühen vorbei. Den hab' ich – beneidet. Meine Frau ging ein und aus. Dann rief sie mich zum Essen, und wir setzten uns hin. Ich glaube, wir aßen kaltes Fleisch und Salat. Ich kann mich nicht erinnern. Vermutlich war's so. Aber keiner von uns sprach. Jetzt ist es wie ein Traum. Dann stand sie auf, wechselte die Teller und ging in die Speisekammer, um den Pudding zu holen. Weißt du, was es für ein Pudding war? Dir sagt es natürlich gar nichts. Es war mein Lieblingspudding – der, den sie bloß bei besonderen Anlässen macht – Wabencreme . . .

Ein Mann und sein Hund

Wenn man Mr. Potts ansah, hätte man denken können, daß da wirklich einer ging, der nichts zu lachen hatte. Er war ein kleiner, unscheinbarer Bursche mit einer schiefen Krawatte, einem Hut, der zu klein für ihn war, und einer Jacke, die zu groß war. Die braune Segeltuchmappe, die er jeden Tag zur Post und wieder zurück trug, war nicht die Aktentasche eines Geschäftsmannes. Sie sah aus wie ein Kinderschulranzen: sie wurde sogar mit einem runden Knopf verschlossen. Man konnte gern glauben, daß innen drin Krusten und ein Apfelknorz waren. Und dann war doch etwas Komisches mit seinen Stiefeln, nicht wahr? Zwischen den Schnürriemen schauten die bunten Socken hervor. Was zum Kuckuck hatte der Bursche mit den Laschen* gemacht? »Sie gebraten, meinte der Witzbold im Chesney-Bus. Der arme alte Potts! »Nein, eher noch hat er sie im Garten vergraben!« Unter den Arm hatte er einen Schirm geklemmt. Und wenn er ihn bei feuchtem Wetter aufspannte, verschwand er völlig darunter. Er existierte nicht mehr. Er war ein wandernder Regenschirm – nichts anderes –, der Regenschirm war sein Gehäuse.

Mr. Potts wohnte in einem kleinen Bungalow am Chesney Flat. Der dicke Wassertank auf der einen Außenseite ließ ihn etwas bekümmert aussehen, wie einen Bungalow mit Zahnweh. Ein Garten war nicht vorhanden. Von der Pforte bis zur Haustür war ein Pfad aus dem Grasland ausgestochen worden, und zwei unbepflanzte Beete, ein rundes und ein längliches, waren für die zukünftige vordere Rasenfläche vorgesehen. Jeden Morgen um halb neun ging Mr. Potts diesen Pfad entlang und ließ sich vom Chesney-Bus mitnehmen; jeden Abend, wenn der große Teekessel von einem Bus davonbrummte, kehrte Potts auf diesem Pfad wieder heim. Später am Abend, wenn er sich zur Pforte stahl, um endlich ein Pfeifchen zu rauchen – was er nicht in nächster Nähe seines Hauses tun durfte –, war seine Miene so demütig und

* *englisch: tongue = Zunge*

bescheiden, daß die großen, lustig glitzernden Sterne einander anscheinend zuzwinkerten und lachten, als sagten sie: ›Seht euch den an! Wollen ihm was an den Kopf werfen!‹
Als Potts bei der Feuerwehr die Straßenbahn verließ, um in den Chesney-Bus umzusteigen, sah er, daß etwas los war. Der Autobus war zwar da, aber der Fahrer war nicht mehr auf seinem Hochsitz: er lag halb unter dem Motor, platt auf der Nase, und der Schaffner hatte die Mütze abgenommen und saß auf dem Trittbrett, rollte sich eine Zigarette und blickte träumerisch drein. Eine kleine Gruppe von Geschäftsleuten und ein oder zwei Verkäuferinnen standen da und starrten den leeren Bus an: er wirkte ein bißchen trübselig und kläglich, wie er sich da auf eine Seite lehnte und leise zitterte, wenn der Fahrer an etwas rüttelte. Er sah aus wie jemand, der einen Unfall gehabt hat und nun zu sagen versucht: ›Faßt mich nicht an! Kommt mir nicht zu nah! Tut mir nicht weh!‹
Aber all das war so vertraut – die Autobusse verkehrten erst seit ein paar Monaten bis Chesney –, daß niemand etwas sagte oder fragte. Sie riskierten es zu warten, und zwei oder drei beschlossen sogar, zu Fuß zu gehen, da erschien Potts. Doch Potts wollte nicht laufen, wenn es nicht unbedingt nötig war. Er war müde. Er war die halbe Nacht wach gewesen, um seiner Frau die Brust einzureiben – sie hatte wieder eins ihrer geheimnisvollen Leiden –, und hatte dem verschlafenen Dienstmädchen geholfen, warme Kompressen und Wärmflaschen vorzubereiten und Tee zu machen. Das Fenster schimmerte schon blau, und die Hähne hatten zu krähen begonnen, ehe er sich endlich mit eiskalten Füßen hatte hinlegen können. Und auch das war nichts Neues.
Potts stand am Rande des Bürgersteigs, wechselte dann und wann seine braune Segeltuchmappe von der einen in die andre Hand und fing an, die letzte Nacht noch einmal nachzuerleben. Aber alles war undeutlich wie ein Schattenspiel. Er sah sich wie eine Krabbe durch den Gang in die kalte Küche gehen und zurückkehren. Auf der dunklen Kommode hatten zwei Kerzen geflackert, und als er sich über seine Frau gebeugt hatte, blitzten ihre Augen plötzlich auf, und sie

schrie: »Du hast kein Mitleid für mich übrig – kein Mitleid! Du tust es bloß, weil du mußt. Widersprich mir nicht! Ich seh's dir an, wie ungern du es tust!« Als er versucht hatte, sie zu besänftigen, war es nur noch schlimmer geworden. Es war zu einer schrecklichen Szene ausgeartet, die damit endete, daß sie sich im Bett aufrichtete und mit erhobener Hand feierlich erklärte: »Einerlei, es wird nicht mehr lange dauern!« Doch der Klang dieser Worte erschreckte sie so furchtbar, daß sie sich in die Kissen zurückfallen ließ und laut »Robert! Robert!« schluchzte. Robert war der Name des jungen Mannes, mit dem sie, bevor sie Potts kennengelernt hatte, verlobt gewesen war. Und Potts war sehr froh, als er hörte, wie sie Robert heraufbeschwor. Die Erfahrung hatte ihn gelehrt, daß damit die Krise überstanden war und daß sie sich allmählich beruhigen würde ...

Potts hatte sich inzwischen umgedreht und war über den Bürgersteig zu dem Bretterzaun gegangen, der nebenherlief. Ein paar helle Gräser und schlanke, seidige Margeriten schoben sich durch den Zaun. Plötzlich sah er, wie sich eine Biene auf der einen Margerite niederließ und wie die Blüte sich verneigte und schwankte und zitterte, während die kleine Biene sich an sie klammerte und schaukelte. Und als sie wieder wegflog, flatterten die Blütenblätter, als wären sie vergnügt ... Nur für einen kurzen Moment versank Potts in die Welt, wo das geschehen war. Er brachte von dort ein scheues Lächeln mit, das er mitnahm, als er zum Bus zurückkehrte. Doch jetzt waren alle fort, bis auf ein junges Mädchen, das neben dem leeren Bus stand und las.

Am Ende der Prozession kam Potts in einer Soutane einhergegangen, die viel zu groß für ihn war und wie ein Nachthemd aussah, so daß man fand, er solle nicht ein Liederbuch und ein Gebetbuch tragen, sondern eine Kerze. Seine Stimme war ein sehr hoher, klagender Tenor. Es verwunderte alle Leute. Auch ihn schien es zu verwundern. Und als er rief: »O hätt' ich Flügel, Flügel, die Flügel einer Taube!«, klang es so klagend, daß die Damen der Gemeinde Geld sammeln und ihm ein Paar Flügel kaufen wollten.

Linos Nase wackelte so betrübt, und in seinen Augen lag ein so sehnsüchtiger, schüchterner Ausdruck, daß es Mr. Potts ans Herz griff. Aber er wollte es sich natürlich nicht anmerken lassen. »Ich glaube«, sagte er streng, »du kämest besser mit nach Hause!« Und damit erhob er sich von der Bank. Auch Lino erhob sich, blieb aber stehen und hielt die eine Pfote hoch.

»Aber«, sagte Pott, drehte sich zu ihm um und sah ihm offen in die Augen, »über eins sollten wir uns lieber erst klar sein, ehe du mitkommst! Und zwar dies!« Er zeigte mit dem Finger auf Lino, der zusammenschrak, als erwartete er, erschossen zu werden. Doch er wandte seinen verwirrten, sehnsüchtigen Blick nicht von seinem Herrn ab. »Du darfst nicht mehr so tun, als wärst du ein Raufer!« sagte Potts noch strenger als vorher. »Du bist kein Raufer! Du bist ein Wachhund. Das bist du! Verstanden? Merk's dir! Die verteufelte Prahlerei kann ich nicht ausstehen! Die macht mich ganz rasend!«

In der darauffolgenden kurzen Pause, als Lino und sein Herrchen einander anstarrten, war es merkwürdig zu beobachten, eine wie starke Ähnlichkeit zwischen ihnen bestand. Dann drehte Potts sich um und ging nach Hause.

Und scheu, als stolpere er über seine eigenen Pfoten, folgte Lino der bescheidenen kleinen Gestalt seines Herrn . . .

Eine so reizende alte Dame

— — — — — — — — — — — — — —

Warum erwachte die alte Mrs. Travers neuerdings so früh? Sie hätte gern noch mindestens drei Stunden geschlafen. Aber nein, jeden Morgen um fast genau dieselbe Zeit, um halb fünf, war sie hellwach. Denn sie erwachte – auch wieder neuerdings – stets auf die gleiche Art: mit einem leichten Zusammenzucken und einem kleinen Schreck hob sie den Kopf, flink umherblickend, als glaube sie, jemand habe sie gerufen, oder als versuche sie sich genau zu erinnern, ob das hier die gleiche Tapete und das gleiche Fenster waren, bevor Warner das Licht ausgeknipst hatte ... Dann schmiegte sich der kleine silbrige Kopf wieder tiefer ins Kissen, und für einen kurzen Moment, bis der ewige Ärger mit dem Wachliegen wieder begann, war die alte Mrs. Travers glücklich. Ihr Herz beruhigte sich, sie atmete tief, sie lächelte sogar. Doch die Flut der Finsternis war wieder einmal angeschwollen, hatte sie hochgeschwemmt und weggetragen, und wieder einmal war sie verebbt, hatte sich zurückgezogen und sie dorthin ausgespien, wo sie sie gefunden hatte: eingekerkert von der gleichen Tapete, angestarrt vom gleichen Fenster – noch sicher – noch *da!*
Jetzt erklang draußen die Kirchturmuhr, langsam, träge, matt, als gäbe sie die halbe Stunde im Schlaf an. Mrs. Travers tastete unter dem Kopfkissen nach ihrer Uhr: ja, sie zeigte die gleiche Stunde an: halb fünf. Noch dreieinhalb Stunden, bis Warner mit ihrem Tee kam! O Himmel, würde sie es aushalten können? Sie bewegte unruhig die Beine. Während sie auf das selbstgefällige, strenge Gesicht der Uhr blickte, kam es ihr so vor, als wüßte der Zeiger, vor allem der Minutenzeiger, daß sie ihn beobachtete, und deshalb zögerte er – nur ein ganz klein bißchen – absichtlich ... Sehr merkwürdig: sie war nie das Gefühl losgeworden, daß die Uhr sie haßte. Es war Henrys Uhr gewesen. Vor zwanzig Jahren, als sie neben dem Bett des armen Henry gestanden und die Uhr zum erstenmal in die Hand genommen hatte, um sie aufzuziehen, hatte sich die Uhr kalt und schwer angefühlt. Und

zwei Tage darauf, als sie einen Haken an ihrer Kreppbluse geöffnet und die Uhr hineingesteckt hatte, lag sie ihr wie ein Stein auf der Brust ... Sie hatte sich dort nie zu Hause gefühlt. Ihr Platz war eben an Henrys Rippen gewesen, wo sie tickte und zuverlässig die Zeit angab. Ihr hatte die Uhr nie getraut – genau wie *er* ihr in solchen Dingen nie getraut hatte. Und wenn sie – was selten genug vorkam – vergessen hatte, sie aufzuziehen, hatte sie eine Angst verspürt, fast wie Panik, und während sie den kleinen Schlüssel hineinsteckte, hatte sie gemurmelt: »Verzeih, Henry!«

Die alte Mrs. Travers seufzte und schob die Uhr wieder unters Kopfkissen. Ihr kam es so vor, als wäre in letzter Zeit das Gefühl, daß die Uhr sie hasse, noch unmißverständlicher geworden ... Vielleicht kam es daher, weil sie sie so oft ansah, besonders jetzt, wo sie von zu Hause fort war. Fremde Uhren gehen nie! Sie bleiben immer um zwanzig Minuten vor zwei stehen. Zwanzig Minuten vor zwei! Was für eine unangenehme Zeit, nichts Ganzes und nichts Halbes! Wenn man irgendwo hinkam, war das Mittagessen vorbei, und um eine Tasse Tee zu erwarten, dafür war es zu früh ... Aber sie durfte nicht anfangen, an Tee zu denken. Die alte Mrs. Travers richtete sich im Bett auf, hob die Arme wie ein müdes Baby und ließ sie auf die Daunendecke fallen.

Freundliches Morgenlicht füllte das Zimmer. Die große Glastür zum Balkon stand offen, und die Palme draußen warf ihren zitternden Spinnenschatten auf die Schlafzimmerwände. Obwohl ihr Hotel nicht an der Seefront lag, konnte man in dieser frühen Morgenstunde das Meer riechen und konnte es atmen hören, und hoch in Lüften, auf goldenen Flügeln, glitten Möwen vorüber. Wie friedlich der Himmel aussah, als lächelte er zärtlich! Jedoch weit weg, weit weg von dieser seidig gestreiften Tapete, dem Glastisch, dem gelben Brokatsofa nebst den Sesseln und den Spiegeln, die sie von allen Seiten widerspiegelten, auch von hinten und mit Dreiviertelansicht.

Ernestine hatte wegen des Zimmers ganz begeistert getan. »Es ist das genau richtige Zimmer für dich, Mutter! So hell und so hübsch und nicht bedrückend! Obendrein mit einem

Balkon, so daß du auch bei feuchtem Wetter deinen Stuhl draußen haben und auf die schönen Palmen schauen kannst. Und Gladys kann das kleine Zimmer nebenan haben, dadurch wird es für Warner so wunderbar *leicht*, euch beide zu betreuen ... Du konntest kein hübscheres Zimmer haben, nicht wahr, Mutter? Ich bin ganz verliebt in den süßen Balkon. So nett für Gladys! Cecil und ich haben keinen Balkon ...« Doch trotz alledem und trotz Ernestines Reden saß sie nie auf dem Balkon. Aus irgendeinem merkwürdigen Grund, den sie nicht erklären konnte, verabscheute sie Palmen. Häßliche ausländische Dinger nannte sie sie im Geiste. Wenn sie still waren, ließen sie trübselig die Wedel hängen und sahen so zerzaust wie riesige, liederliche Vögel aus, und wenn sie sich rührten, erinnerten sie sie immer an Spinnen. Warum sahen sie nie natürlich und friedlich und schattig aus wie englische Bäume? Warum mußten sie sich ewig winden und drehen oder mürrisch dastehen? Es quälte sie schon, an sie – oder eigentlich an alles Ausländische – auch nur zu denken ...

Ehrlichkeit

I.

Den Ausdruck ›Wenn du meine *ehrliche* Meinung wissen willst‹ benutzte Rupert Henderson besonders gern. Er hatte von jedem Ding unter der Sonne eine ehrliche Meinung, und sie zu äußern, war bei ihm fast zu einer Leidenschaft geworden. Archie Cullens Lieblingsausdruck war dagegen: ›Ich kann's schlechterdings nicht sagen!‹ Und das bedeutete, daß er sich noch keine feste Meinung gebildet hatte. Im Grunde hatte er sich überhaupt nie eine feste Meinung gebildet. Warum? Weil er es nicht konnte. Er war anders als andre Männer. Er war ›minus‹ etwas – oder war es ›plus‹ etwas? Einerlei. Er war nicht im mindesten stolz auf diese Tatsache. Man darf ruhig so weit gehen zu behaupten, daß es ihn manchmal schrecklich bedrückte.

Rupert und Archie wohnten zusammen. Das heißt, Archie wohnte in Ruperts Wohnung. Oh, er bezahlte seinen Anteil, die Hälfte an allem; es war eine rein geschäftliche, exakte Abmachung. Doch vielleicht kam es daher, weil Rupert Archie aufgefordert hatte; jedenfalls blieb Archie immer Ruperts Gast. Sie hatten jeder ein Schlafzimmer, ein gemeinsames Wohnzimmer und ein ziemlich großes Badezimmer, das Rupert auch als Ankleidezimmer benutzte. Am ersten Morgen nach seiner Ankunft hatte Archie seinen Schwamm im Badezimmer gelassen, und eine Sekunde drauf hatte es an seine Tür geklopft, und Rupert hatte mit freundlicher, aber entschiedener Stimme gesagt: »Dein Schwamm vermutlich?«

Am ersten Abend hatte Archie seine Tabaksdose ins Wohnzimmer mitgenommen und sie auf eine Ecke vom Kaminsims gestellt. Rupert las die Zeitung. Es war eine runde Porzellandose, die Außenseite war bemalt und aufgerauht, um einen Seeigel darzustellen. Auf dem Deckel war aus Porzellan ein Zweig Seetang mit zwei Beeren als Knopf. Archie liebte die Dose ganz übermäßig. Aber nach dem Abendessen, als Rupert seine Pfeife und seinen Tabaksbeutel hervorholte, heftete er seinen Blick plötzlich auf die Dose, blies den Schnurrbart weg, ächzte und sagte mit verwunderter, fast überraschter Stimme: »Na, so etwas! Gehört die dir oder Mrs. Head?« Mrs. Head war die Hauswirtin.

»Mir!« sagte Archie und lächelte ein ganz bißchen scheu.

»Nein, so etwas!« sagte Rupert wieder, aber diesmal sehr bedeutungsvoll.

»Möchtest du, daß ich sie lieber ...«, begann Archie und schickte sich an, aufzustehen.

»Nein, nein! Bestimmt nicht! Auf keinen Fall!« antwortete Rupert und hob sogar abwehrend die Hand. »Aber vielleicht« — und nun lächelte er Archie zu und schaute sich im Zimmer um —, »vielleicht läßt sich ein Platz für sie finden, der weniger auffallend ist.«

Doch nie wurde ein Platz dafür gefunden, und sobald Rupert nicht mehr in der Nähe war, schaffte Archie seinen einzigen persönlichen Besitz in sein Schlafzimmer.

Doch vor allem bei den Mahlzeiten war es, daß dieses Verhältnis von Besitzer und Gast besonders auffiel. So sagte Rupert zum Beispiel bei jeder Mahlzeit, sogar noch ehe sie sich setzten: »Würdest du bitte Brot schneiden, Archie?« Hätte er ihn nicht ausdrücklich darum gebeten, hätte Archie möglicherweise in einem zerstreuten Moment das Brotmesser zur Hand genommen ... ein unangenehmer Gedanke! Und Archie durfte auch nie die Speisen anbieten. Sogar beim Frühstück wurden die heißen Schüsseln und der Tee ausschließlich von Rupert angeboten. Wegen des Tees hatte er sich allerdings entschuldigt: da hielt er anscheinend eine kleine Entschuldigung für angebracht.

»Mit meinem Tee bin ich ziemlich eigen«, sagte er. »Manche Leute, vor allem die Weiblichkeit, gießen zuerst Milch in die Tasse. Eine fatale Gewohnheit! Meiner Meinung nach muß die Tasse einfach *so* gefüllt und dann erst der Tee gefärbt werden. Zucker, Archie?«

»Ja, bitte«, sagte Archie und dienerte fast über den Tisch weg. Rupert war so imponierend.

»Aber dir«, sagte sein Freund, »fallen vermutlich solche Kleinigkeiten nicht auf?«

Und Archie rührte in seiner Tasse herum und antwortete unsicher: »Nein, vermutlich nicht.«
Rupert nahm Platz und faltete seine Serviette auseinander.
»Es wäre auch gar nicht im Einklang mit deinem Charakter und deiner Veranlagung«, sagte er liebenswürdig. »Nieren und Speck? Rührei? Keins von beiden? Was also?«
Der arme Archie verabscheute Rührei, aber ach, er war so gut wie überzeugt, daß auch Rühreier von ihm erwartet wurden. Diese ›psychologische Einsicht‹, wie Rupert es nannte, konnte sich im Laufe der Zeit vielleicht etwas beschwerlich auswirken. Archie war ein bißchen niedergeschlagen, als er »Bitte Rührei« murmelte. An Ruperts Miene erkannte er, daß er richtig gewählt hatte. Rupert versah ihn reichlich mit Rührei.

II.

Psychologische Einsicht ... das war es vielleicht, was ihre Freundschaft erklärte. Man hätte versucht sein können, es für einen Fall von gegenseitiger Faszination zu erklären. Während aber Archies Antwort auf eine solche Vermutung ein langsames ›Wohl mög - lich!‹ gewesen wäre, hätte Rupert sie sofort mit Hohn und Spott übergossen.
›Faszination? Das Wort ist in diesem Zusammenhang hirnverbrannt. Was auf der Welt könnte Cullen wohl an sich haben, das mich faszinierte – selbst wenn ich die Gewohnheit hätte, von meinen Mitmenschen fasziniert zu sein, und die habe ich bestimmt nicht. Ich gebe aber zu, daß er mich sehr interessiert. Ich gestehe, daß ich überzeugt bin, ihn besser zu kennen als jeder andere. Und falls du meine ehrliche Meinung wissen willst: ich bin sicher, daß mein – hm – Einfluß auf ihn – hm –, meine Sympathie für ihn – oder wie immer du es nennen willst, nur zu seinem Besten ist. Es geht um die psychologische Einsicht. Überdies finde ich ihn rein instinktiv als Mitbewohner äußerst angenehm. Er regt einen Teil meines Denkens an, der ohne ihn weniger aktiv wäre. Aber Faszination – weit gefehlt, mein Lieber, weit gefehlt!‹
Doch angenommen, man ließe sich nicht überzeugen? Ange-

nommen, man spielte noch weiter mit dieser Idee? War es nicht möglich, Rupert und Archie als Riesenschlange und Kaninchen zu sehen, die miteinander haushalten? Rupert, die schöne, gut genährte Riesenschlange, Rupert mit seinem Schnurrbart, seinem durchdringenden Blick und seiner Gewohnheit, sich vor dem Kaminfeuer hingegossen zu räkeln und, Pfeife und Tabaksbeutel in der Hand, sachte hin- und herzuwiegen? Und Archie, sanft, geduckt und scheu, in dem weniger guten Sessel, vorhanden und doch nicht vorhanden, wie er auf ein Wort hin ins Dunkel zurückschnellt, doch auf einen Blick hin wieder auftaucht – mit jähen, gänzlich unerwarteten Anfällen von Mutwillen (die sofort von der Riesenschlange erstickt werden)? Natürlich kommt etwas so Ungebildetes und Fürchterliches wie das Verschlingen des Kaninchen durch seinen Hausgenossen überhaupt nicht in Frage. Immerhin war es eine seltsame Tatsache, daß nach einem ihrer typischen Abende der eine mächtig geschwollen, leutselig und aufgekratzt – und der andre blaß, klein und abgekämpft aussah ... Und wer weiß wie oft war Ruperts anschließender Kommentar – auch das bedrohlich –, während er seinen Whisky in Sodawasser ertränkte: »Es ist sehr fesselnd gewesen, Archie!« Und Archie hauchte matt: »Oh ja, *sehr*!«

III.

Archie Cullen war Journalist und Sohn eines Journalisten. Er hatte kein Privatvermögen, keine einflußreichen Beziehungen und fast keine Freunde. Sein Vater war einer von jenen schwachen, enttäuschten, nicht erfolgreichen Männern gewesen, die in ihren Söhnen eine Waffe erblicken. Durch Archie würde er über das Leben triumphieren. Archie würde ›ihnen‹ zeigen, aus was für Stoff er, sein Vater, gemacht war. Wartet nur, bis mein Sohn kommt und es euch zeigt! Das war zwar für Mr. Cullen *père* sehr tröstlich, doch ein furchtbar schäbiger Spaß für den armen Archie. Schon als zweiundeinhalbjähriges Baby mußte er sich dauernd abschinden, und sogar sonntags hatte er keine Ruhe. Sein Vater

nahm ihn auf Spaziergänge mit und wandte sie nutzbringend an: Archie mußte Ladenschilder lesen oder die im Hafen segelnden Jachten zählen, durch vier dividieren und das Ergebnis mit drei multiplizieren.
Aber das Experiment war ein verblüffender Erfolg. Archie kehrte den Freuden des Lebens den Rücken und hielt sich die Ohren zu, verschränkte die Beine, saß mit seinem Buch über den Tisch gebeugt – und wenn die Ferien kamen, mochte er sie nicht; sie machten ihn unsicher; daher las er weiter für sich allein. Er war ein Musterknabe. An den Preisverleihungstagen begleitete ihn sein Vater zur Schule und trug den großen Packen schwerer Bücher für ihn nach Hause, wo er sie auf den Eßtisch warf und mit triumphierendem Lächeln besichtigte. Meine Preise! Das kleine Opferlamm starrte durch seine Brille, wie andre kleine Jungen auf den Pudding starren. Natürlich hätte er zu diesem Zeitpunkt von einer liebevollen Mutter gerettet werden sollen, die, obwohl selbst eingeschüchtert, für ihren Sohn auf die ...

Natürlich wäre es nie in Frage gekommen, daß sie zur Schaustellung gingen, wenn Vater die Karten nicht geschenkt bekommen hätte. Kleine Mädchen können nicht erwarten, mit kostspieligen Genüssen verwöhnt zu werden, wo doch ihr lieber, freigebiger Vater – allein um sie zu ernähren, ihnen Kleider zu kaufen und ihr Schulgeld und das Haus zu bezahlen, in dem sie wohnten – tagtäglich den ganzen Tag von morgens bis abends schwer arbeiten mußte – ›ausgenommen samstagnachmittags und sonntags!‹, sagte Susannah.
»Susannah!« Ihre Mutter war entsetzt. »Weißt du auch, was deinem armen Vater zustoßen würde, wenn er am Samstagnachmittag und am Sonntag keinen Ruhetag hätte?«
»Nein«, erwiderte sie. Sie sah sehr interessiert aus. »Was denn?«
»Er würde sterben«, sagte ihre Mutter mit Nachdruck.
»Wirklich?« sagte Susannah und riß die Augen auf. Sie schien verwundert, und Sylvia und Phyllis, die vier und fünf Jahre älter als sie waren, bestätigten es mit ›Natürlich!‹ in einem sehr überlegenen Ton. Was für eine kleine Gans sie doch war, das nicht zu wissen! Sie taten so überzeugt und vergnügt, daß ihre Mutter etwas unsicher wurde und sich beeilte, das Thema zu wechseln ...
»Und deshalb«, sagte sie etwas undeutlich, »muß jede von euch sich bei Vater bedanken, bevor ihr hingeht.«
»Und dann gibt er uns das Geld?« fragte Phyllis.
»Dann werde ich ihn um soviel bitten, wie notwendig ist«, sagte die Mutter mit Festigkeit in der Stimme. Plötzlich seufzte sie und stand auf. »Lauft jetzt, Kinder, und bittet Miss Wade, euch anzuziehen und sich selbst fertigzumachen und dann ins Eßzimmer hinunterzukommen! Und du, Susannah, daß du mir Miss Wades Hand nicht losläßt – vom Augenblick an, wo ihr durchs Tor geht, bis ihr wieder draußen seid!«
»Aber – wenn ich nun auf ein Pferd steige?« fragte Susannah.
»Auf ein Pferd? Unsinn, Kind! Du bist viel zu klein, um auf

ein Pferd zu steigen! Nur große Jungen und Mädchen können reiten.«

»Für kleine Kinder gibt es Gockelhähne«, sagte Susannah unerschrocken. »Ich weiß es, weil Irene Heywood auf einem geritten ist, und beim Absteigen ist sie runtergefallen!«

»Ein Grund mehr, daß du es nicht tust«, sagte ihre Mutter. Aber Susannah sah aus, als hätte das Hinfallen für sie keine Schrecken – im Gegenteil!

Doch von der Schaustellung wußten Sylvia und Phyllis genausowenig wie Susannah. Es war die erste Schaustellung, die je in das Städtchen gekommen war. Eines Morgens, als Miss Wade – Mutters Stütze – sie zu den Heywoods gebracht hatte, in deren Gouvernante sie sich teilten, hatten sie gesehen, wie Rollwagen, hochbeladen mit großen, langen Latten und Säcken und weißen Fahnenstangen und Brettern, die wie ganze Türen aussahen, durch die weiten Tore des Sportplatzes zogen. Und als es Zeit war, daß sie zum Abendessen heimbefördert wurden, ragte bereits der Anfang eines hohen, von Fahnenstangen unterbrochenen Lattenzauns ringsherum über das Geländer. Dahinter stieg ein schrecklicher Lärm auf, ein Gehämmer und Geschrei und Geklirr, und eine kleine, nicht sichtbare Lokomotive machte *tschock-tschock-tschock! Tschock!* Und runde Rauchbällchen wurden wie Wollknäuel über den Lattenzaun emporgeschleudert. Zuerst war es noch der Tag nach dem Tag nach morgen, und dann einfach übermorgen, dann morgen, und endlich war der Tag da! Als Susannah am Morgen aufwachte, war auf der Wand ein kleiner, goldener Sonnenfleck, der Susannah beobachtete und aussah, als wäre er schon lange dort gewesen und warte nur darauf, sie zu erinnern: ›Heute ist es – heute geht ihr – heute nachmittag!‹

(Zweite Fassung)

Am Nachmittag war ihnen erlaubt worden, Wasserkrüge und Waschbecken aus einem Versandkatalog auszuschneiden, und als die Teestunde da war, bekamen sie richtigen Tee in dem kleinen Puppenteeservice. Das machte ihnen wirklich viel Spaß, nur wollte die Puppenteekanne nicht gießen, auch

nicht, nachdem sie mit einer Nadel in die Tülle gestochert und hineingeblasen hatten.
Und am nächsten Nachmittag, es war ein Samstag, kam Vater in bester Laune nach Hause. Die Haustür knallte so laut zu, daß das ganze Haus wackelte, und schon vom Flur aus rief er Mutter herbei.
»Oh, wie furchtbar lieb von dir, Schatz«, rief Mutter, »aber wie unnötig! Natürlich werden sie begeistert sein! Aber soviel Geld dafür auszugeben! Das hättest du nicht tun sollen, du lieber Daddy! Sie hatten es ja schon ganz vergessen. Und was ist das? Zweieinhalb Shilling?« staunte Mutter. »Nein, zwei Shilling«, verbesserte sie sich rasch, »zwei Shilling, die sie ausgeben dürfen! – Kinder! Kinder! Kommt schnell nach unten!«
Sie kamen heruntergesprungen, Phyllis und Sylvia vorneweg, und Susannah ihnen auf den Fersen. »Wißt ihr, was Vater getan hat?« Und Mutter hielt die Hand hoch. Was hielt sie in der Hand? Drei kirschrote und eine grüne Karte. »Er hat euch Eintrittskarten gekauft! Ihr dürft in den Zirkus gehen, jawohl, heute nachmittag, ihr alle drei mit Miss Wade. Was sagt ihr dazu?«
Phyllis und Sylvia flogen auf und davon, aber Susannah stand noch immer am Fuß der Treppe und ließ den Kopf hängen.
»Geh jetzt!« sagte Mutter. Und Vater fragte heftig: »Was zum Teufel ist los mit dem Kind?«
Susannahs Gesicht zitterte: »Ich möchte nicht gehen«, flüsterte sie.
»Was? Du willst nicht zur Budenschau gehen? Nachdem Vater – du unartiges, undankbares Kind! Entweder du gehst zur Budenschau, Susannah, oder du wirst sofort ins Bett gesteckt!«
Susannahs Kopf sank tiefer und tiefer. Ihr ganzes Körperchen krümmte sich von Kopf bis Fuß. Sie sah aus, als wollte sie sich vor ihrem lieben, freigebigen Vater bis auf den Fußboden bücken und ihn um Verzeihung bitten . . .

Zweite Geige

Es ist ein kalter, windiger Februarmorgen; frostig aussehende Wolken eilen über den bleichen Himmel, und auf der Straße werden verfrorene Schneeglöckchen zum Verkauf angeboten. Die Leute, die vorbeihuschen, wirken klein und zusammengeschrumpft, sie wirken verängstigt, als versuchten sie, sich in ihren Mänteln vor etwas Großem, Brutalem zu verbergen. Die Ladentüren sind geschlossen, die Markisen sind heruntergerollt, und die Polizisten an den Kreuzungen sind Zinnsoldaten. Riesige leere Lastwagen rumpeln mit hohlem Geklapper vorbei, und die Luft ist erfüllt von einem Geruch nach Ruß und nassen Steintreppen – ein naßkalter, schmutziger Geruch ist es ...

Miss Bray schleudert ihr kleines Halstuch wieder über die Schulter, umklammert ihre Geige und stürmt weiter – zur Orchesterprobe. Sie spürt ihre kalten Hände, ihre kalte Nase und ihre noch kälteren Füße. Ihre Zehen kann sie überhaupt nicht spüren. Ihre Füße sind einfach kleine Kälteklumpen aus einem einzigen Stück, wie die Füße von Porzellanpuppen. Winter ist für magere Leute eine schreckliche Jahreszeit, schrecklich! Warum muß er sie so verfolgen, sich an sie heften, sie so plagen? Warum nicht mal zur Abwechslung einen Happen, einen Bissen bei den Dicken holen, die es gar nicht merken würden? Aber nein! Der wohlgenährte, warme, katzenhafte Sommer – der macht den Dicken das Leben schwer! Der Winter ist auf Knochen erpicht ...

Wie eine Nadel bahnt sich Miss Bray ihren Weg, hinein in die Menge und hinaus und weiter, an nichts als die Kälte denkend. Sie war gerade aus ihrer Küche gekommen, die morgens schön gemütlich war, wenn für ihr Frühstück die Gasflamme brannte und das Fenster geschlossen war. Sie hatte gerade drei Tassen wirklich kochend heißen Tees getrunken. Der hätte sie doch bestimmt wärmen müssen. In den Büchern liest man immer von Leuten, die schon nach einer Tasse durchwärmt und gestärkt ihrer Wege gehen. Und sie hatte drei getrunken! Wie sie ihren Tee liebte! Sie liebte ihn immer mehr! Wenn sie umrührte, blickte sie in die Tasse; ein zärtliches kleines Lächeln umspielte ihre Lippen, und sie hauchte leise: »Wie ich meinen Tee liebe!«

Doch trotzdem wärmte er sie nicht – trotz aller Bücher nicht! Kalt! Kalt! Und als sie jetzt um die Ecke bog, atmete sie einen so großen Schluck feuchter, kalter Luft ein, daß ihr die Tränen in die Augen stiegen. *Yi-yi-yi!* kläffte ein kleiner Hund; er sah aus, als wäre er verletzt worden. Sie hatte keine Zeit, sich umzuschauen, aber das helle, scharfe Kläffen besänftigte sie und war sogar ein Trost. Genau den gleichen Laut hätte auch sie ausstoßen können.

Und da war die Akademie. Miss Bray drückte mit all ihrer Kraft gegen die harte, schlechtgelaunte Tür, quetschte sich hindurch und betrat die Eingangshalle mit den bleichen Bekanntmachungen und Konzertprogrammen, stolperte die verstaubte Treppe hinauf und schließlich den Flur zur Garderobe entlang. Durch die offene Tür wehten ihr ein derartig schrilles, lautes Lachen und so helle, langweilige Stimmen entgegen, daß es sich anhörte, als wäre drinnen ein Schauspiel im Gange. Sie konnte sich nur schwer vorstellen, daß jemand ohne einen bestimmten Zweck derartig lachte und sprach. »Verzeihung – Pardon – tut mir leid«, sagte Miss Bray, drängte sich hinein und sah sich rasch in dem trüben kleinen Zimmer um. Ihre beiden Freundinnen waren noch nicht gekommen.

Die erste Geige war da; ein verträumtes Mädchen mit breitem Gesicht lehnte sich an ihr Cello; zwei Bratschen saßen auf einer Bank und beugten sich über ein Notenheft; und die Harfe, eine kleine graue Person, die nur gelegentlich kam, lehnte sich gegen eine Bank und suchte die Tasche ihres Unterrocks.

»Ich habe zweimal eine Sequenz, Schätzchen«, sagte Ma, »und zwei Königinnen, macht acht, und einen für den Trumpfbuben, macht neun!«

Mit einem gräßlich hohlen Ächzen krümmte Alexander seinen kleinen Finger und markierte neun für Ma. Und »Halt! Halt!« rief sie, und ihre flinken, kurzen kleinen Hände er-

gatterten die andern Karten. »Mein Crib, junger Mann!« Sie breitete sie aus, lehnte sich zurück, zupfte an ihrem Schal und legte den Kopf auf die Seite. »Hm, nicht so schlecht! Eine Sequenz von Vieren und ein Paar!«
»Betrogen! Betrogen!« stöhnte Alexander und beugte den Kopf über das Markierbrett. »Und das von einer Frau!« Er seufzte tief, mischte die Karten und sagte zu Ma: »Heb ab, mein Herz!«
Obwohl er natürlich wie all die jungen Profiherren nur scherzte, als er ›mein Herz‹ sagte, war doch etwas im Klang seiner Stimme, das Ma durch und durch ging. Ihre Lippen zitterten, als sie abhob, und als sie die langen, schlanken Finger beim Austeilen beobachtete, war ihr ganz beklommen.
Ma und Alexander spielten im Hause Bolton Street Nummer neun in der Souterrainküche Cribbage. Es war spät, bald elf, und ein Sonntagabend – schlimm! Sie saßen am Küchentisch, der mit einem Tuch aus abgenutztem Kunststoff bedeckt war, auf dem sich alte Kleckse von Kerzentalg breitmachten. Auf der einen Ecke standen drei Gläser mit drei Löffeln, eine Untertasse mit Würfelzucker und eine Flasche Gin. Im Herd war noch Feuer, und der Deckel des Teekessels hatte gerade angefangen, sich vorsichtig und verstohlen zu heben, als steckte jemand drin, der hinausspähen und wieder wegschlüpfen wollte. Auf dem Roßhaarsofa an der Wand nah bei der Tür lag der Besitzer des dritten Glases: er schlief und schnarchte leise. Er sah verlassen und rührend aus – vielleicht, weil er ihnen den Rücken zugekehrt hatte oder weil seine Füße aus dem kurzen Mantel hervorschauten, mit dem er zugedeckt war; auch das lange, blonde Haar, das über seinen Kragen fiel, sah verlassen und rührend aus.
»Ja, ja«, seufzte Ma, warf zwei Karten hin und ordnete die andern zu einem Fächer, »so ist das Leben! Als ich euch heute früh abschwirren sah, hätt' ich mir nicht träumen lassen, daß wir heute abend zusammen Karten spielen würden.«
»Die Tücke des Geschicks«, murmelte Alexander. Im Grunde war es aber kein Spaß. Infolge irgendeines teuflischen Mißgeschicks hatten er und Rinaldo am Morgen den Zug verpaßt, mit dem die ganze Truppe reiste. Das war schon schlimm

genug. Doch da es ein Sonntag war, gab es bis Mitternacht keinen anderen Zug, und da sie am Montag um zehn Generalprobe hatten, bedeutete es, entweder den nehmen oder die ›Rote Rübe‹ bekommen, wie es die Truppe nannte. Großer Gott, was für ein Tag es gewesen war! Sie hatten das Gepäck auf dem Bahnhof gelassen und waren zu Ma und zu Alexanders muffigem Schlafzimmer zurückgekehrt, wo das Bett nicht gemacht war und das schmutzige Wasser herumstand. Rinaldo hatte den ganzen Tag damit zugebracht, beinebaumelnd auf der Bettkante zu sitzen, Asche auf den Fußboden fallen zu lassen und zu sagen: »Möchte mal wissen, weshalb wir den Zug verpaßt haben! Komisch, daß wir den verpaßt haben! Sicher fragen sich auch die andern, weshalb wir den verpaßt haben!« Und Alexander hatte am Fenster gestanden und in den kleinen Garten gestarrt, der so rußverdreckt war, daß auch die magere alte Katze, die drin herumscharrte, sich zu ekeln schien. Erst nachdem Mas Sonntagsgäste endgültig weggegangen waren ...

Mr. und Mrs. Williams

I.

In jenem Winter überraschten Mr. und Mrs. Williams, wohnhaft ›The Rowans‹, *Wickenham*, Surrey, ihre Bekannten mit der Nachricht, daß sie drei Wochen in der Schweiz verbringen wollten. In der Schweiz! Wie schrecklich unternehmungslustig und aufregend! Die Nachricht versetzte die Wickenhamer Familien in die hellste Aufregung. Ehemänner, die am Abend aus der City nach Hause kamen, wurden sofort damit begrüßt: »Schatz, hast du schon das Neueste von den Williams gehört?«

»Nein – was ist denn jetzt los?«

»Sie fahren in die Schweiz!«

»In die Schweiz? Was zum Kuckuck wollen sie denn da?«

Natürlich war die Frage nur eine Folge des Überraschungsmoments. Selbstverständlich wußte man genau, warum man in die Schweiz fuhr. Doch in Wickenham hatte sich noch nie jemand um diese Jahreszeit so weit von Zuhause fortgewagt. Es wurde nicht für ›notwendig‹ erachtet – wie etwa Golf, Bridge, Sommerferien am Meer, ein Konto bei Harrods' und ein kleines Auto, sobald man sich's leisten konnte, für notwendig erachtet wurden . . .

»Aber wird nicht schon die nötige Ausrüstung sehr viel kosten?«, fragte die stämmige alte Mrs. Prean, als sie Mrs. Williams rein zufällig bei ihrem netten, zuvorkommenden Kaufmann traf. Dabei wischte sie sich die Krümel einer Probe-Käse-Waffel von ihrem breiten Busen.

»Oh, wir kaufen unser *Kit* erst drüben«, sagte Mrs. Williams.

Kit war ein bei den Wickenhamer Damen sehr beliebter Ausdruck, natürlich ein Überbleibsel aus dem Krieg, zusammen mit ›Hun‹, ›Boche‹ und ›Bolshy‹. Allerdings war ›Bolshy‹ ein Nachkriegserzeugnis. Aber es gehörte zur gleichen Gefühlslage. (›Denken Sie, meine Liebe, unser Dienstmädchen ist eine echte kleine Hunnin, und die Köchin wird leider immer mehr Bolschi!‹) Von diesen Wörtern ging ein Zauber aus. Benutzte man sie, dann war es, als öffnete man sein Rot-Kreuz-Schränkchen und blickte auf die Überreste an Verbandszeug, Leibbinden und Büchsen mit Insektenpulver und so weiter. Man war aufgescheucht, man erschauderte leise, wie es einen beim Hören einer fernen Musikkapelle durchrieselt. Es erinnerte einen an die aufregenden, geschäftigen und natürlich sorgenvollen, aber doch gewaltigen Tage, als ganz Wickenham eine einzige Familie war. Und obwohl der Ehemann abwesend war, hatte man ja als Ersatz drei große Photographien von ihm in Uniform: eine in silbernem Rahmen auf dem Nachttisch, eine in den Regimentsfarben auf dem Klavier und eine im Lederrahmen, passend zu den Eßzimmerstühlen.

»Cook hat uns dringend geraten, nichts hier zu kaufen«, fuhr Mrs. Williams fort.

»Cook? Ihre Köchin?« rief Mrs. Prean mächtig erstaunt. »Was kann die denn . . .«

»Ach so – Thomas Cook natürlich, das Reisebüro«, sagte Mrs. Williams und lächelte gescheit. Mrs. Prean beruhigte sich.

»Aber was die Kleidung betrifft, werden Sie sich doch sicher nicht in einem kleinen Schweizer Dorf ausstatten lassen?« fragte sie, beharrlich und wie immer äußerst interessiert für anderer Leute Angelegenheiten.

»O nein, bestimmt nicht!« Mrs. Williams war ganz entsetzt. »Was wir an Kleidung benötigen, werden wir alles in London bei Harrods' kaufen!«

Das war's, was Mrs. Prean hatte hören wollen. Denn so gehörte es sich.

»Der Geheimtip, meine Liebe« (sie verfügte stets über Geheimtips), »der Geheimtip« – und dabei legte sie ihre Hand auf Mrs. Williams' Arm und sprach deutlich hörbar: ». . . man muß reichlich langärmelige Hemdhosen kaufen!«

»Besten Dank, Madam!«

Beide Damen fuhren herum. Neben ihnen stand Mr. Wick, der nette Kaufmann, und hielt Mrs. Preans Päckchen an der Schlaufe des roten Bindfadens in die Höhe. Himmel – wie

peinlich! Er mußte es ... Er konnte doch unmöglich ... In der Aufregung des Augenblicks sah Mrs. Prean, bedeutsam nickend, zu Mrs. Williams auf, nahm das Päckchen entgegen und sagte, die Entgleisung taktvoll vertuschend: »Das erkläre ich nämlich stets meinem lieben Sohn!« Doch für Mrs. Williams war das etwas zu fein ausgetüftelt.
Sie war weiterhin verlegen, und als sie Sardinen verlangen wollte, konnte sie es noch in der letzten Minute verhindern, ›Bitte drei Paar Langärmelige, Mr. Wick!‹ zu sagen, statt ›Drei große Büchsen, bitte!‹

II.

Eigentlich war es der glückliche Hinschied von Mrs. Williams' Tante Aggie gewesen, der den Reiseplan ermöglicht hatte. Ein glücklicher Hinschied war es ja! Nachdem sie in ihrem Rollstuhl fünfzehn Jahre lang in dem kleinen Haus in Ealing ein- und ausgefahren war, durfte sie zu guter Letzt, um den Ausdruck ihrer Pflegerin zu benutzen, ›glücklich hinübergleiten‹. Hinübergleiten – das klang gerade so, als hätte Tante Aggie ihren Rollstuhl mitgenommen. Man sah sie in ihrem lächerlichen violetten Samtkleid aufmerksam zwischen den Sternen herumkutschieren und hörte sie, wenn die Räder über einen besonders großen Stern tuckerten, leise wimmern, wie das ihre irdische Gewohnheit gewesen war.
Tante Aggie hatte ihrer Nichte Gwendolen zweihundertfünfzig Pfund hinterlassen. Keineswegs eine Riesensumme, aber doch eine recht nette Überraschung. In der überschwenglichen Stimmung, die nur Frauen kennen, beschloß Gwendolen sofort, alles auszugeben – einen Teil auf das Haus zu verwenden und den Rest, um Gerald etwas Gutes anzutun. Und da der Brief des Anwalts zufällig zur Teestunde und gleichzeitig mit einer Nummer des *Sphere* eintraf, die voll bezaubernder, aufregender Bilder von Feriengästen in Mürren und St. Moritz und Montana war, schien die Frage gelöst.
»Du würdest doch gern mal in die Schweiz fahren, nicht wahr, Gerald?«
»Sehr gern!«

»Im Eislauf und so weiter bist du doch sehr gut, nicht wahr?«
»Ziemlich.«
»Du findest doch auch, daß man so was mal getan haben muß, nicht wahr?«
»Wie meinst du das?« Aber Gwendolen lachte nur. Sie wußte, daß er im innersten Herzen genauso scharf drauf war wie sie. Aber es grauste ihm – wie allen Männern – davor, seine Gefühle zu zeigen. Gwendolen verstand ihn vollkommen und hätte ihn nicht um die Welt anders gewünscht.
»Ich werde sofort an Cook's schreiben und ihnen erklären, daß wir nicht in einen sehr eleganten Kurort gehen wollen, auch nicht in so einen riesigen Kasten mit Jazzmusik. Mir ist ein kleiner, versteckter Ort lieber, wo wir wirklich ernsthaft Wintersport betreiben können.« Es entsprach zwar nicht der Wahrheit, aber wie so viele von Gwendolens Behauptungen war es gesagt worden, um Gerald eine Freude zu machen. »Bist du nicht meiner Ansicht?«
Statt einer Antwort zündete sich Gerald seine Pfeife an.
Wie man wohl schon begriffen hat, lauteten die Vornamen von Mr. und Mrs. Williams Gerald und Gwendolen. Wie gut das zusammenpaßte! Es klang so verehelicht! Gwendolen–Gerald! Gwendolen schrieb die Namen in Klammern auf Fetzen ihres Löschpapiers, auf die Rückseite alter Umschläge und auf den Warenhauskatalog. Sie sahen verehelicht aus. Als sie auf der Hochzeitsreise waren, hatte Gerald einen phantastisch guten Witz darüber gemacht. Eines Morgens hatte er gefragt: »Sag mal, ist es dir schon aufgefallen, daß unsre Namen beide mit G anfangen: Gwendolen–Gerald. Du bist ein G«, er hatte mit dem Rasierpinsel auf sie gezeigt, da er sich gerade rasierte, »und ich bin ein G. Zwei Gs. Gege. Verstehst du?«
Oh, Gwendolen begriff es sofort. Es war wirklich äußerst witzig. Ganz glänzend. Und so – süß und überraschend, daß er daran gedacht hatte. Ge-ge. Ja, sehr gut! Sie wünschte, sie hätte es den Leuten erzählen können. Sie hatte das Gefühl, daß manche Leute von Gerald glaubten, er hätte keinen Sinn für Humor. Aber es war ein bißchen zu intim. Doch gerade deshalb um so köstlicher.

»Schatz, ist es dir in dieser Minute eingefallen? Ich meine – hast du's dir gerade eben ausgedacht?«

Gerald rieb sich mit dem Finger etwas Schaum weg und nickte. »Es ist mir durch den Kopf geflogen, als ich mir das Gesicht eingeseift habe«, sagte er ernst. »Es ist komisch« – und er tauchte das Rasiermesser in den Topf mit dem heißen Wasser –, »ich hab's auch sonst schon bemerkt: beim Rasieren kommen mir gute Ideen!«

Das stimmte tatsächlich, dachte Gwendolen ...

Ein schwaches Herz

Obwohl es die ganze Zeit hindurch erklang, obwohl es manchmal schon morgens um halb sieben und manchmal noch nachts um halb elf ertönte, war es doch vor allem im Frühling und wenn Bengels Veilchenbeete gleich hinter der Gartenpforte in violetter Blüte stand, daß das Klavier die Vorübergehenden nicht nur zum Verstummen zwang – nein, sie verlangsamten den Schritt, hielten inne und blickten plötzlich hoch – ernst, sogar streng, falls es Männer waren, und verträumt, sogar traurig, falls es Frauen waren.

Im Frühling war die Tarana Street wunderschön; nicht ein einziges Haus, das nicht seinen Garten und Bäume und einen Grasplatz hatte, der groß genug war, ›der Rasen‹ genannt zu werden. Wenn man vorüberging, konnte man über die niedrigen, hellgestrichenen Zäune hinweg feststellen, wessen Narzissen ›draußen‹ waren, wessen Schneeglöckchenbeet verblüht war und wer die dicksten Hyazinthen hatte – diese rosa und weißen, von einer Farbe wie Kokosnußeis. Doch keiner hatte Veilchen, die im Frühling so üppig blühten und dufteten wie die von Bengels. Dufteten sie wirklich so gut? Oder schloß man nur die Augen und lehnte sich wegen Edie Bengels Klavierspiel über den Zaun?

Ein Windstoß spielt in den Blättern – wie eine fröhliche Hand, die sich die schönsten Blüten sucht; und das Klavier klingt heiter und zärtlich und lacht. Jetzt fliegt eine Wolke wie ein Schwan über die Sonne, und die Veilchen scheinen kalt wie Wasser, und ein jäher, fragender Schrei entringt sich Edie Bengels Klavier.

... Ach, wenn das Leben so schnell vergehen muß, weshalb ist dann der Duft dieser Blumen so süß? Was für einen Sinn hat diese Sehnsucht, diese süße Unruhe – diese himmelstürmende Freude? Leb wohl! Behüt dich Gott! Die jungen Bienen liegen halb wach auf dem schlanken Löwenzahn, silbrig schimmern die rotbetupften, spitzigen Blütenblätter der Gänseblümchen! Das frische Gras zittert im Licht. Alles beginnt wieder, wundervoll wie eh und je, himmlisch schön.

›Laß mich bleiben! Laß mich bleiben!‹ fleht Edie Bengels Klavier.
Dann ist es Nachmittag, sonnig und still. Vorne sind die Sonnenmarkisen heruntergezogen, damit die Teppiche nicht ausbleichen, aber im oberen Stock sind die Jalousiestäbe aufgestellt, und im goldenen Licht tastet die kleine Mrs. Bengel nach der viereckigen Haubenschachtel unter dem Bett. Sie ist rot geworden. Sie ist scheu und aufgeregt wie ein junges Mädchen. Und jetzt schiebt sie das Seidenpapier auseinander und hebt ihre beste Kapotte, die mit einem Schmetterling aus Jett verziert ist und zuoberst liegt, feierlich heraus und schüttelt sie auf.
Sie duckt sich vor dem Spiegel und probiert sie mit zitternden Fingern auf. Sie zieht sich den Umhang um die schlanken Schultern und nimmt ihre Handtasche, und ehe sie das Schlafzimmer verläßt, kniet sie einen Augenblick nieder und bittet Gott für ihren Ausgang um seinen Segen. Und während sie dort zitternd kniet, ist sie fast selber wie ein Schmetterling, dessen Flügel vor Gott erzittern. Als die Tür geöffnet wird, dringen die Klänge des Klaviers fast erschreckend durch das stille Haus – so kühn, so trotzig, so rücksichtslos rollen die Töne unter Edies Fingern hervor. Und nur für einen kurzen Augenblick überfällt Mrs. Bengel ein Gedanke – und ist wieder fort –, daß ein Fremder bei Edie im Wohnzimmer ist, jedoch ein Phantasiegeschöpf aus einem Buch – ein Schurke. Es ist ganz widersinnig. Sie huscht durch den Flur, drückt die Türklinke herunter und steht vor ihrer erhitzten Tochter. Edies Hände sinken von den Tasten. Sie klemmt sie zwischen ihre Knie, ihr Kopf ist gesenkt, ihre Locken fallen nach vorn. Dann blickt sie ihre Mutter mit blanken Augen an. Es ist etwas Schmerzliches in dem Blick, etwas sehr Seltsames. Edie hat nach dem Gedächtnis gespielt; es ist, als ob die Luft noch vibriert.
»Ich gehe jetzt, Liebes«, sagte Mrs. Bengel leise – so leise, daß es wie ein Seufzen ist.
»Ja, Mutter«, antwortete Edie.
»Ich glaube nicht, daß ich lange bleibe.«
Mrs. Bengel zögert noch. Wie gern würde sie ein mitfühlen-

des, verständnisvolles Wort hören – selbst von Edie –, um ihr für ihren Weg Mut zu machen.
Doch Edie murmelt: »In einer halben Stunde setze ich den Teekessel auf.«
»Ja, tu das, Liebes!«
Sogar daran will sich Mrs. Bengel klammern. Ein nervöses kleines Lächeln fliegt über ihre Lippen. »Dann werde ich meinen Tee wohl nötig haben.«
Aber darauf erwidert Edie nichts; sie zieht die Brauen zusammen, streckt die eine Hand aus, schraubt rasch einen der beiden Klavierleuchter ab, nimmt den roten Porzellanring weg und schraubt alles wieder fest. Der Ring hatte gerasselt.
Als die Haustür leise hinter ihrer Mutter ins Schloß fällt, scheinen Edie und das Klavier wieder tief in die dunklen Gewässer zu tauchen, in Wogen, die unerbittlich über beide hinwegfluten. Sie spielt verzweifelt weiter, bis ihre Nase weiß geworden ist und ihr Herz hämmert. Das ist ihre Art, die Angst zu überwinden, und ihre Art zu beten. Würde man sie aufnehmen? Würde man ihr erlauben, hinzugehen? War es möglich, daß sie innerhalb von einer Woche eine von Miss Farmers Schülerinnen ist, ein blaurotes Hutband trägt und die breite Treppe hinaufläuft, die zu dem großen grauen Haus führt, in dem es immer summt und klingt, wenn man vorübergeht? Ihr Kirchenstuhl war gegenüber von Miss Farmers Schülerinnen. Würde sie endlich die Namen der Mädchen erfahren, die sie so oft angeschaut hat? Die hübsche Blasse mit den roten Haaren, die Dunkelhaarige mit der Ponyfrisur, die Blondine, die während der Predigt Miss Farmers Hand hielt? . . . Aber schließlich . . .

Es war Edies vierzehnter Geburtstag. Ihr Vater schenkte ihr eine silberne Brosche mit einem Takt, zwei Viertelnoten, zwei Achtelnoten und einer halben Note, denen ein sehr verschnörkelter Violinschlüssel vorausgeht. Ihre Mutter schenkte ihr blauseidene Handschuhe und zwei Schachteln für Handschuhe und Taschentücher: die Handschuhschachtel war handgemalt mit einem Zweig goldener Rosen, die das große H festhalten, und die Taschentuchschachtel mit einem wundervoll lebenswahren Schmetterling, der über dem großen T flattert. Von den Tanten in ...

An der Ecke Tarana Street und May Street stand ein Baum. Er wuchs so nah am Bürgersteig, daß die schweren Zweige sich darüber hinwegreckten, und dort war der Weg immer mit feinen Ästchen übersät.

Doch in der Dämmerstunde traten die herumschlendernden Liebespärchen in seinen Schatten, als wäre er ein Zelt, und einerlei, wie lange sie bereits zusammen gewesen waren, dort begrüßten sie einander wieder mit langen Küssen, mit Umarmungen, die eine süße Qual waren, qualvoll zu ertragen, qualvoll zu beenden.

Edie erfuhr nie, daß Roddie den Baum liebte, Roddie erfuhr nie, daß er Edie etwas bedeutete.

Roddie, geschniegelt und gestriegelt, ließ sein neues Fahrrad die Holzstufen hinunterbumsen und schob es durch die Gartenpforte. Er hatte eine kleine Fahrt vor, und als er zum Baum aufsah, der dunkel in die Abendglut ragte, meinte er, daß der Baum ihn beobachte. Da wollte er Wunderdinge verrichten, ihn verblüffen und in Schrecken und Erstaunen versetzen.

Roddie war für den Anlaß von Kopf bis Fuß neu ausgestattet: mit einem schwarzen Sergeanzug, einer schwarzen Krawatte und einem Strohhut, der so weiß war, daß er fast silbern wirkte, einem blendend weißen Strohhut mit einem schwarzen Band. Eine dicke Schnur, die am Hut befestigt war und ihn vor dem Davonfliegen schützte, erinnerte etwas an eine Angelschnur, und die kleine Klammer an der Krempe war wie die Anglerfliege ... Er stand am Grab, breitbeinig, die Hände lose gefaltet, und beobachtete, wie Edie ins Grab hinuntergelassen wurde—beobachtete es, wie ein halb erwachsener Junge alles beobachtet: einen Mann bei der Arbeit, einen Fahrradunfall oder einen Burschen, der das Rad seines Federwagens säubert –, doch plötzlich, als die Männer zurücktraten, zuckte er heftig zusammen und drehte sich um, murmelte seinem Vater etwas zu und sauste davon – so schnell, daß die Leute förmlich entsetzt aussahen, hetzte durch den Friedhof und die Allee mit den tropfnassen Lehmböschungen entlang und in die Tanara Street und Hals über Kopf nach Hause. Sein Anzug war sehr eng und warm. Es war wie ein Traum. Er hatte den Kopf gesenkt und die Fäuste geballt, er konnte nicht aufblicken – nichts hätte ihn zwingen können, höher als die Gartenzäune zu schauen. Was dachte er nur, als er so dahinraste? Weiter, immer weiter, bis er die Gartenpforte erreicht hatte, die Holzstufen hinauf, zur Haustür hinein, durch den Flur und hinauf in den Salon.

»Edie!« rief Roddie. »Edie, liebste Edie!«

Und er stieß einen leisen, seltsam heiseren Schrei aus und rief »Edie!« und starrte auf Edies Klavier hinüber.

Und kalt und ernst, wie eingefroren, starrte das Klavier Roddie düster an. Dann antwortete es, jedoch in seinem eigenen Namen, im Namen des Hauses und des Veilchenbeetes, im Namen des Gartens und des Samtbaums an der Ecke der May Street, im Namen von allem, was herrlich war: »Hier ist niemand, der so heißt, junger Mann!«

Als sie am nächsten Morgen zum Frühstück hinuntergingen, waren sie völlig sie selber. Rosig, frisch und von der kalten Luft, die zu den Schlafzimmerfenstern hereinwehte, gerade so weit abgekühlt, daß sie sich auf den heißen Kaffee freuten. »Bissig kalt!« Das war Geraldines Bezeichnung für das Wetter gewesen, als sie mit rosig gewaschenen Fingern ihren goldgelben Morgenrock zuknöpfte. »Findest du es nicht auch ausgesprochen bissig kalt?« Und ihre Stimme klang so sachlich und so natürlich, als wären sie schon seit Jahren verheiratet.
Er hatte seine Haare vor dem kleinen runden Spiegel mit zwei Bürsten gescheitelt (von einer zuschauenden Frau als erstaunliche Leistung empfunden) und – mit gleichzeitigem, leichtem Zusammenschlagen der Bürsten – erwidert: »Liebste, hast du dir genug angezogen?« –, und auch seine Stimme klang so, als kenne er aus jahrelanger Erfahrung ihre Gewohnheit, sich unten drunter nur mit Chiffonfähnchen und zwei seidenen Schleifen zu bekleiden . . . Dann liefen sie zum Frühstück hinunter, lachten zusammen und jagten dem schüchternen Zimmermädchen einen furchtbaren Schreck ein, weil sie, nach einer Beratung mit der Köchin, gerade beschlossen hatte, so lange unsichtbar zu bleiben, bis man nach ihr läutete.
»Guten Morgen, Nellie! Ich glaube, wir brauchen mehr Toast als das hier!« lächelte Geraldine und beugte sich über den Frühstückstisch.
Sie überlegte: »Bitte sagen Sie der Köchin, sie möchte uns noch vier Scheiben machen!«
Das Zimmermädchen fand es wunderbar. Und während sie die Tür schloß, hörte sie, wie die Stimme sagte: »Ich hasse es so, wenn man nicht genug Toast hat – du auch?«
Er stand am sonnigen Fenster. Geraldine ging zu ihm hinüber. Sie legte ihre Hand auf seinen Arm und drückte ihn ein wenig. Wie gut es tat, diesen rauhen Männertweed wieder zu spüren! Oh, wie gut! Sie rieb mit der Hand drüber-

hin, berührte den Tweed mit der Wange und atmete schnuppernd den Geruch ein.
Das Fenster blickte auf die Blumenbeete, eine Wildnis aus Herbstastern, späten, schwer niederhängenden Dahlien und struppigen kleinen Astern. Dann kam der mit gelben Blättern übersäte Rasen, und dahinter ein breiter Weg und eine Reihe golden flatternder Bäume. Ein alter Gärtner in wollenen Fäustlingen fegte den Weg und kehrte die Blätter zu einem ordentlichen kleinen Haufen zusammen. Jetzt klemmte er den Besen unter den Arm, fummelte in seiner Jackentasche herum und holte Zündhölzer heraus, und nachdem er eine kleine Höhlung im Laub gemacht hatte, zündete er es an. Aus den trockenen Blättern hob sich ein herrlich blauer Rauch in die Luft, und der Laubhaufen brannte so still und gesittet, daß es ein Vergnügen war, zuzuschauen. Der alte Gärtner stapfte von dannen und kehrte mit einer Hand voll dürrer Zweige zurück. Er schleuderte sie aufs Laub und trat beiseite, und kleine Flammen begannen hochzuflackern.
»Ich finde«, sagte Geraldine, »daß es nichts Hübscheres gibt als ein wirklich gutes Feuerchen!«
»Ja, es ist lustig«, murmelte er, und sie gingen ins Zimmer zurück, um ihr erstes Frühstück einzunehmen.
Vor etwas mehr als einem Jahr – vor dreizehn Monaten, um genau zu sein – hatte sie vor dem Eßzimmerfenster des kleinen Hauses in der Sloane Street gestanden. Es blickte über die eingezäunten Gärten. Das Frühstück war beendet, abgeräumt und vorbei ... sie hatte ein dickes Bündel Briefe in der Hand, die sie gemütlich am Feuer beantworten wollte. Doch bevor sie sich niederließ, hatten die Herbstsonne und die Morgenfrische sie ans Fenster gelockt. Was für ein idealer Morgen für die Rennbahn! Jimmie war reiten gegangen.
»Leb wohl, Liebster!«
»Leb wohl, Gerry-Schatz!«, und dann, flink und fest, der Morgenkuß. Er sah so schmuck aus in seinem Reitanzug. Während sie am Fenster stand, sah sie ihn im Geiste ... reiten. Ihre Phantasie war nicht gerade bedeutend. Doch es war Nebel, und die Hufe polterten, und Jimmies Schnurrbart

war feucht. Vom Garten drang das Quietschen einer Schubkarre herauf. Ein alter Mann mit einer Fuhre Laub kam in Sicht, ein Besen lag quer darüber. Er blieb stehen und begann zu fegen. ›Was für riesige Schwertliliengruppen in den Londoner Gärten gedeihen‹, sinnierte Geraldine. ›Warum wohl?‹ Und jetzt hob sich der Rauch eines tüchtigen Feuers in die Luft. ›Es gibt nichts Hübscheres‹, dachte sie, ›als ein wirklich gutes Feuerchen!‹

Genau in diesem Augenblick läutete das Telefon. Geraldine setzte sich an Jimmies Schreibtisch, um das Telefon abzunehmen. Es war Major Hunter.

»Guten Morgen, Major Hunter! Sie sind sehr früh auf den Beinen!«

»Guten Morgen, Mrs. Howard. Ja, stimmt.« (Geraldines Gesicht verzog sich erstaunt. Wie seltsam seine Stimme klang!) »Mrs. Howard, ich komme jetzt ... zu Ihnen ... und ich nehme ein Taxi ... Bitte gehen Sie nicht aus! Und ... und ...« Die Stimme stammelte: »Bitte l-lassen Sie die Dienstboten nicht aus dem Haus!«

»*Wie* – bitte?« Obwohl das Ganze ja sonderbar genug war, waren seine letzten Worte dermaßen sonderbar, daß Geraldine nicht glauben konnte, was sie gehört hatte. Aber er war nicht mehr da. Er hatte aufgelegt. Was zum Kuckuck ... und sie legte den Hörer hin, nahm einen Bleistift und zeichnete, was sie stets zeichnete, wenn sie vor einer Schreibtischunterlage saß: die Rückansicht einer kleinen Katze einschließlich Schnurrbart und Schwanz. Geraldine mußte diese Katze wohl viele hundertmal gezeichnet haben, überall in der Welt, in Hotels, in Klubs, am Schreibtisch auf Dampfern und beim Warten in der Bank. Die kleine Katze war ihr Kennzeichen, ihr Namenszug. Sie hatte sie einem kleinen Mädchen in der Schule nachgemacht, weil sie sie ganz wunderhübsch fand. Und nie hatte sie irgend etwas anderes versucht. Sie konnte nämlich ... nicht gut zeichnen. Und diese Katze hier hatte sie mit einem besonders festen Strich gezeichnet, und sogar der Schnurrbart sah erstaunt aus.

›Nicht die Dienstboten aus dem Haus lassen!‹ Etwas dermaßen Sonderbares hatte sie noch nie im Leben gehört. Sie

mußte sich verhört haben. Geraldine konnte sich ein belustigtes kleines Kichern nicht verkneifen. Und warum mußte er ihr mitteilen, daß er ein Taxi nahm? Und warum – ja, das vor allem – mußte er sie in dieser frühen Morgenstunde aufsuchen?
Dann kam ihr eine Erleuchtung, und sie erinnerte sich, wie erpicht Major Hunter auf alte Möbel war. Sie hatten sich darüber unterhalten, als sie das letztemal im Carlton zu Mittag gegessen hatten. Und zu Jimmie hatte er etwas über Jakobinische oder Queen-Anne-Möbel gesagt, irgend so etwas, Geraldine verstand nichts von diesen Dingen. Ob er möglicherweise das Ding herbrachte? Aber natürlich! Das mußte es sein! Und das erklärte auch die Bemerkung wegen der Dienstboten. Er wollte sich von ihnen helfen lassen, das Ding ins Haus zu schaffen. Wie lästig! Geraldine hoffte nur, daß es zu ihren eigenen Sachen paßte. Und im Grunde fand sie, daß Major Hunter doch allerhand als selbstverständlich voraussetzte, wenn er ohne ein vorbereitendes Wort mit einem Ding von solcher Größe in dieser frühen Morgenstunde erschien. So gut kannten sie ihn schließlich auch nicht! Und warum machte er so ein Geheimnis daraus? Geraldine verabscheute Geheimnisse! Doch sie hatte gehört, daß ihm seit der Geschichte an der Somme sein Kopf manchmal recht übel mitspielte. Vielleicht war es einer von seinen schlechten Tagen. In dem Falle war es schade, daß Jimmie noch nicht zurück war. Sie läutete. Mullins erschien.
»Oh, Mullins, in ein paar Minuten wird Major Hunter kommen. Er bringt einen ziemlich schweren Gegenstand. Vielleicht braucht er Ihre Hilfe. Und die Köchin soll sich auch lieber bereit halten.«
Geraldines Verhalten zu ihren Dienstboten war stets etwas überlegen. Sie genoß es, gebieterisch aufzutreten. Immerhin, Mullins sah erstaunt aus. Sie schien einen Augenblick zu zaudern, ehe sie ging. Es ärgerte Geraldine gewaltig. Was mußte sie so erstaunt tun? Was konnte einleuchtender sein, dachte sie und setzte sich mit ihrem Briefbündel hin, und das Feuer und die Uhr und ihre Schreibfeder begannen zusammen zu wispern.

Da kam das Taxi – und machte gehörigen Lärm vor der Haustür! Sie glaubte auch die widersprechende Stimme des Fahrers zu hören. Bis sie die Schreibmappe geschlossen und sich aus dem niedrigen Sessel erhoben hatte, dauerte es ziemlich lange. Die Glocke läutete. Sie ging sofort an die Eßzimmertür.

Und dort war Major Hunter im Reitanzug und kam rasch auf sie zugegangen, und hinter ihm sah sie durch die offene Tür am Fuß der Treppe einen großen grauen Gegenstand. Es war eine Tragbahre.

»Ein Unfall!« rief Geraldine durchdringend.

»Mrs. Howard!« Major Hunter stürzte vor, streckte ihr seine eiskalte Hand entgegen und umklammerte Geraldines Hand. »Bitte seien Sie tapfer, ja?« flehte er.

Natürlich würde sie tapfer sein.

»Ist es ernst?«

Major Hunter nickte düster.

Er sagte nur ein Wort: »Ja!«

»Sehr ernst?«

Jetzt hob er den Kopf. Er blickte ihr voll ins Gesicht. Es war ihr vorher nie zu Bewußtsein gekommen, daß er ein außerordentlich hübscher Mann war – wenn auch von einer etwas theatralischen Art. »Es könnte nicht schlimmer sein, Mrs. Howard«, sagte Major Hunter kurz. »Aber – gehen Sie dort hinein!« bat er hastig und stieß sie fast in ihr eigenes Zimmer. »Wir müssen ihn hereinbringen – wo können wir –?«

»Kann er hinaufgebracht werden?« fragte Geraldine.

»Ja, ja, natürlich!« Major Hunter blickte sie so sonderbar an – so schmerzbewegt.

»In sein Ankleidezimmer vielleicht«, schlug Geraldine vor. »Es ist im ersten Stock. Ich werde vorangehen!« Sie legte ihre Hand auf den Arm des Majors. »Sorgen Sie sich nicht, Major Hunter«, sagte sie. »Ich denke nicht daran, zusammenzubrechen«, und sie lächelte tatsächlich – ein zuversichtliches, strahlendes Lächeln war es.

Zu ihrer Verblüffung wandte Major Hunter sich ab und stieß hervor: »Oh, mein Gott! Es tut mir so leid!«

Der arme Mann! Er war ja ganz überwältigt. Nachher einen Kognak, dachte Geraldine. Natürlich nicht gleich.
Es war ein schmerzlicher Augenblick, als sie die gleichmäßigen, behutsamen Schritte im Flur hörte. Doch Geraldine, die begriff, daß jetzt nicht der richtige Augenblick war, sich umzudrehen, verzichtete darauf – es hätte auch nichts genützt.
»Hier entlang, Major Hunter!« Sie hüpfte voraus, die Treppe hinauf und über den Gang; sie stieß die Tür zu Jimmies Ankleidezimmer, dem heiteren, lebendigen, atmenden Ankleidezimmer, auf und trat beiseite, um Major Hunter und den beiden Trägern Platz zu machen. Erst dann begriff sie, daß es eine Kopfwunde sein müsse – eine Verletzung am Kopf. Denn von Jimmie war nichts zu sehen – das Tuch war bis hoch übers Gesicht gezogen . . .

Jane Austen

Die Romane der englischen Pfarrerstochter Jane Austen, die 1817 mit 42 Jahren an Tuberkulose starb, gehören zu den bedeutendsten Werken der klassizistischen Literatur um die Wende des 19. Jahrhunderts. Literarisch geschult an Henry Fielding hat Jane Austen zeitgenössische und spätere Literaten nachhaltig beeinflußt. Jane Austens Romane haben an ursprünglicher Frische und Lebendigkeit bis zum heutigen Tag nichts eingebüßt.

Emma
Roman. Band 2191

Gefühl und Verstand
Roman. Band 5810

Mansfield Park
Roman. Band 5491
(in Vorbereitung)

Stolz und Vorurteil
Roman. Band 2205

Fischer Taschenbuch Verlag

fi 359/2

George Spater / Ian Parsons

PORTRÄT EINER UNGEWÖHNLICHEN EHE

Virginia & Leonard Woolf

Mit einen Vorwort von Quentin Bell und 133 Abbildungen. Band 2221

Diese Biographie, für die den Autoren bislang unbekannte Quellen aus den Woolf-Archiven zur Verfügung standen, ist die Geschichte eines ebenso glanzvollen wie qualvollen Lebens einer großen Dichterin und zugleich das Porträt einer wahrhaftigen, überaus glücklichen Ehe. Virginia, eine ungewöhnliche, emanzipierte und doch so abhängige Frau und Leonard Woolf, der Schriftsteller und fürsorgliche Ehemann, der fast dreißig Jahre lang das Leben und literarische Schaffen der Dichterin teilte und beeinflußte, ihre Freunde, lauter klangvolle Namen, der Bloomsbury-Kreis – hier fließen die geistigen Strömungen Englands in der ersten Hälfte unseres Jahrhunderts zusammen. Im Vordergrund aber stehen Virginia und Leonard, deren literarischer Genius zwar berühmt ist, deren Persönlichkeiten und Beziehung zueinander aber noch nie mit solcher intimen Kenntnis ihrer Lebensgeschichte und mit dieser Offenheit dargestellt wurden.

Fischer Taschenbuch Verlag

fi 86/2

Jayne Anne Phillips

Das himmlische Tier
Short-Stories, 255 Seiten, geb. und
Fischer Taschenbuch Band 5169

»Jayne Anne Phillips' Sprachgebrauch ist äußerst sinnlich. Bei ihr wird die Gassensprache zur Poesie, an der Grenze zum Surrealismus schwebend ...
Ob sie ein Kind beschreibt, das dem Wind zuhört oder Liebende, die im Drogenrausch gemeinsam baden, immer hat sie die Fähigkeit, uns zur tiefsten körperlichen Empfindung zu bringen. Sie kann schreiben: mit der größten Schlichtheit und mit metaphorischer Könnerschaft.
Diese Prosa geht unter die Haut.«
Times Literary Supplement

Maschinenträume
Roman. 504 Seiten, geb. und
Fischer Taschenbuch Band 9199

Ein Familienroman von großer Intensität, der den Einfluß zweier Kriege, des Zweiten Weltkrieges und des Vietnamkrieges, auf das Leben in einer amerikanischen Kleinstadt wiedergibt.

Überholspur
Short-Stories, 192 Seiten, geb.

Mit der Erzählungssammlung *Black Tickets* wurde Jayne Anne Phillips in den USA berühmt. Die Literaturkritik bescheinigte ihr bereits bei diesem Debüt, eine Meisterin dieser amerikanischsten aller Kunstformen zu sein: der Short-Story.

S. Fischer · Fischer Taschenbuch Verlag

fi 135/4